岸辺露伴は叫ばない

短編小説集

維羽裕介　北國ばらっど　宮本深礼　吉上亮

original concept 荒木飛呂彦

CONTENTS

くしゃがら 003

Blackstar. 055

血栞塗 113

検閲方程式 157

オカミサマ 199

くしゃがら
北國ばらっど

志士十五というペンネームは、間違った九九だ。

人生は計算どおりにいかない。

そんな思いをこめてつけられた名前だそうだ。字だけを見たときは「交差点が多すぎて京都の地図を見ているようだ」と岸辺露伴は思った。

同じ集英社で仕事をする漫画家として、年末の――出たくもない――パーティーで初めて話したとき、十五本人から由来を教えられても、ふうん、としか思わなかった。露伴は、そう記憶している。

しかしながら、その名にこめられた意味を心底味わったのは、露伴のほうだった。

「……席、空いてるだろう?」

「そりゃあ空いてるよ?」

「じゃあ、なんでわざわざぼくのところに相席するんだ」

「だってよォ~~。カフェに来たら仕事仲間がいたわけだろ? 挨拶してわざわざ離れた席に座って、お互い黙々とお茶飲んで帰るって、なんつーか逆に不自然っつーの? 水くさいっつーの? 〈相席〉だろ、ここは」

カフェ〈ドゥ・マゴ〉でアールグレイをお供に、新作のネタを整理しようとしていた露伴は、突然、きさくに声をかけられた。

その相手が、たまたま来店していた志士十五だったわけだ。

あれよあれよという間に、露伴の向かいに腰を下ろした十五は、さっさとジンジャーエールを注文して、目の前に居座っている。

ひとりで静かに思考しようとしていた露伴からすれば、単純にいい迷惑だった。

「というか……〈仕事仲間〉だって？」

「そうだろ？　同じ出版社で仕事する漫画家同士じゃあねーか」

「ぼくらは〈同業者〉だが……このぼくのレベルを思えば、単に同じ漫画家というだけで同業と呼んでやるのも癪（しゃく）だが……べつに仲間だなんて言うことはないだろ。むしろ商売敵（しょうばいがたき）と言ったほうがいいんじゃあないか？」

「水くせーこと言うなよ露伴センセェ～～。漫画家なんて、たまに担当編集と話す以外は孤独だぜェ～～？　話せる奴を見つけたら話しておかないと、喋（しゃべ）り方ってやつを忘れちまうじゃあねえかよォ～～」

「………」

どの口が言う。……そう、心の中で露伴は悪態をついた。

たしかに漫画家や作家という職業は、わりとインドアな人間が多い。

十五の言うとおりの生活をしている人間も、それなりにいる。

だが……露伴は偏屈ではあるが、べつに孤独ではない（頼れる友達もいる）し、人と話すことだってそれなりにある。だいいち、本当に孤独だったとしても、なにも不都合を感じはしないだろう。

それにこの志士十五という男、漫画家としては……見てのとおり、図々しいというかお喋りというか、口から生まれたような男だ。

そうだ。露伴は思い出す。たしか初対面のときも、十五は聞いてもいないのにベラベラとペンネームの由来を話していった。

「で、露伴センセは、なに？　〈新作のネタ〉でも練りに来たの？」

「鋭いな、褒めてやるよ。でも、そうだと思うならひとりでゆっくり静かに考えさせてくれないかな？」

「奇遇ッ！　実は俺もネタを練りに来たわけよ」

「せめて会話をしろッ！　独り言なら別の席でやれッ！」

「カフェで独り言ブツブツ言ってたらヤベーだろォ〜〜〜。独り言を言うにもさ、ヘンな奴だと思われないように、向かいに誰かいたほうがいいんだぜ」

「じゃあカカシ相手にでもやってりゃあいいだろ。案外いいコンビかもしれないぜ」

「そんなこと言うなよ露伴センセ。ここは奢るから……な？」

「なにッ⁉　フザケるなッ！　貴様はこの岸辺露伴がたかだか一杯の紅茶を奢られてデレデレ喜ぶとでも思っているのかッ⁉」

「だから落ち着けって！　名前を叫ぶなよ……有名人なんだぜ。ほら、下校中のガキがこっち見てるだろ。どうすんだよ、サインなんかねだられたらプロット作りどころじゃあないだろ」

「………」

「それとも、ガキは好き？」

「嫌いだ」

「じゃあ話は早い。そもそも、こんな目立つところでひとりになろうってほうが無理があるんだぜ……。どうする？　俺と露伴先生と、お互いに知ってる奴がさ、カフェでわざわざ別々に座ってそっぽ向いてお茶してるとか、むしろ妙な話になりそうじゃあないか」

「……ちっ」

　露伴はハッキリとイラついていた。

　この十五という男に感じるムカつき具合は、なんというか……そう、あのクソッタレの仗助(じょうすけ)とかアホの億泰(おくやす)に近い気がする。

　こういう奴は単純なクセに、行動の予測がつかなくて苦手だ。

　見ていると、次の瞬間にはもっとムカつくことを始めるんじゃあないかと思って、その予想だけで気が気じゃあない。土足で人の傍までやってきて、棚の上のコレクションをべたべた触ったり、ポテトチップスでも食べた手で本を読んで、本棚に逆さで返しそうな気がする。まあその他いろいろもろもろと、ムカつく点だけなら売るほど見つかるが、とどのつまりこういう奴のムカつくところはだいたい同じってことだ。

同じ漫画家、表現者としてはあるまじきその適当な感じ、無神経さが、露伴の神経を逆撫でするのだ。だから基本的には苦手に違いない。

ただ、

「いやいやいや、なんつーの？　そりゃ、わかるよ？　うん……わかるわかる。オープンテラスの席でよォ、爽やかな風の中でよォ、町の生きてる音を聴きながらネタ作ると、スゲー捗るんだよな」

「……そうだとも」

「ひとりで部屋の中ってのも集中できていいけど、それだけじゃあダメだ。〈表現〉っつーのはエネルギーが要るからな……〈生きてるエネルギー〉の中で作るのが大事だ」

「…………」

「だから町の空気は良い……溢れてる〈生活〉がBGMになる。リアリティとか、生々しさとか、そういうのは内側からは出てこねーし、部屋の中にも落ちてねーんだ。外に溢れてるものを捕まえてこないとならねーからな……だから自分の家に籠ってるのが許される職業なのに、面倒だけどヒゲとか剃って外に出るんだぜ。少なくとも、俺はそうだ」

「…………多少は漫画家らしいことも言うんだな」

実のところ、ひとりの漫画家としては、露伴はこの男が嫌いではなかった。

志士十五の作品は、作者の粗野な見た目……赤く染めた剃りこみ入りの髪やピアスつきの瞼のイメージに反して、ファンタジーだ。

架空の文明、架空の歴史を描いているにもかかわらず、そこには非常に綿密なリアリティが練りこまれている。

現実ではないとしても、漫画の世界には漫画の世界なりの常識があって、物理があって、登場人物ひとりひとりに人生がある。それを描くために、志士十五は〈経験〉と〈知識〉が必要だと思っているので、普段から歴史や風俗について勉強し、研究している。

そういう考えのもとで描かれた十五の作品には、常に〈理屈〉が骨になって通っている印象を感じるのだ。

だからこそ、露伴はあと一歩のところで、この男を邪険にはしきれなかった。

もちろん、この男が「自分よりスゴい漫画家」とだけは、絶対一切思わないが。

「……で、露伴先生の新作っつーのは、どんな感じだい？」

「そこまで話してやる義理はないな。ネタを盗まれたらムカつくだろう」

「それじゃあよォ〜〜、俺のネタのほうを聞いてくれよ。ほら、やっぱ自分では面白いと思ったネタでも〈客観的な視点〉ってやつが必要だろ?」

「なんでぼくがそんなこと聞かされなきゃあならないんだ?」

「いやあ、たまには〈ホラー〉ってやつにも、メインで挑戦してみようと思ってよ。露伴先生ならそういうセンスってやつも自信あるんじゃあないかってよぉ」

「……君、勧善懲悪な少年漫画ばっかり描いているんじゃあなかったのか。できるのか? ホラー漫画なんか」

「でもよ、俺ユーレイとか全然ヘーキなほうだからよ……だから例えば、身近なものってケッコー怖いと思うんだよ。そんで、じゃあ俺の場合、何が怖いんだ? って考えたんだが……〈何度補充してもなぜかカラになるトイレットペーパー〉……っつーやつは、かなり身近に迫る恐怖って感じだと思うんだよなぁ〜〜〜〜……あ、〈なんかねっとりしてるトイレットペーパー〉もヤバいな! どうするよ、迷うぜェ〜〜〜〜……」

「かなりビビったよ。チビりそうだ。最高」

「よし、ボツだな。わかりやすくって助かる」

露伴は笑わず、十五は笑った。

「というか、担当に相談しろよな。そんなことなら……ぼくじゃあなくって」

「担当ッ! そう、担当と言えばだよ! 俺さぁ、ひとつ話したいことがあんだよ」

「ぼくのほうにはないぞ」

当然ながら、噛み合わないが、十五はおかまいなしに話を進めた。

図々しさを感じながらも、露伴はその場で怒って席を立ったりはしなかった。

「これ、見てくれよ」

「………」

十五は、持っていたカバンから、A4サイズの封筒を取り出して見せた。〈総合出版の集英社〉というロゴは、露伴も見慣れている。

十五は、その開封ずみの封筒の中身を出しながら、話し始めた。

「先日、〈担当編集〉が替わった……。前の担当は仕事のできる奴だったぜ。ポテトチップスの趣味も合うし……〈ホームアローン〉は3が好きってとこも良い。邦楽しか聴かない奴だったが、いつも聴くのが〈ミッシェル・ガン・エレファント〉ってのがサイコーだった……仕事明けでガンガンにかけててもノってきてくれたからな」

「仲が良かったんだな」

「マジいい奴だったんだ。有能だった。有能だったから、出世しちまったんだ」

「女房役と離れればなれってワケか」

「まあ、それはいい。業界の常だ……左遷ならともかく、昇進ってのはめでたいことだぜ。ところが、だ。新しい担当……いや、こいつも悪い奴じゃあない」

「いい奴でもないって？」

「いや、そんなことはないぜ。むしろいい奴だ。礼儀正しくて、気の利く奴……ただ、真面目すぎるってところはある。真面目ってのはいいことだぜ。仕事上でマジ大事だ。でもなんでも〈すぎる〉と不都合はある……そうだろ？」

「否定しないよ」

　真面目というのも、方向性の問題だ。

　露伴は仕事に対しては真面目だ。人間としてどれほど捻くれていようと、漫画を描くということについて〈裏切り〉はない。

　結果的に人間を騙すことはあっても、漫画を騙すことはしない。

「いいぜ。真面目ケッコー……大歓迎だ。だが、時期が悪いぜ。露伴センセはなんか、書類とかもらってねーのか？」

「ないね。最近編集が持ってきたものと言えば、〈キン肉マン〉のシールくらいじゃあないかな……〈カレクック〉だぜ。知らないとは言わせないぞ」

「スゲー羨ましいな、憧れるよ。でもな、俺の編集は〈つまらないものですが〉なんて言いながら、マジでつまらねーもん出してきた……まあ見てくれ」

　そう言って、十五は封筒から薄い冊子を取り出した。

　潔いほどに事務的な外見の冊子。もう少し良質な紙の表紙をつけよう、なんて色気も感じやしない、コピー用紙を束ねただけのようなものだった。

その味気ない紙束の一枚目に、これまた無機質なゴシック体で、でかでかと文字が書いてある。

「……禁止用語リストォ？」

「そう。つまりよォ、漫画とか出版物の中で使っちゃあいけねー単語のリストなんだよ」

「つまらないものもらったなァ～～～！」

「だろォ～～～？　いや、表紙見るだけでウンザリするぜ。でも中身はもっとだ。ほら」

そう言って、十五はぺらぺらとページをめくってみせる。

そこには五〇音順に……出版物ではめったに目にすることのない「規制単語」の類が無機質にちりばめられていた。

なるほど。ウンザリもするだろう。

この規制は漫画が〈芸術〉から〈商品〉になるためのルールであり、枷だ。純粋な表現から、売り物へと変えるためのもの。

それが所狭しと並べられたリストなど、面白いわけもない。わけもないが、無視するわけにもいかない。

「まあ……内容は納得いくものも多いな。目立つのは、いわゆる差別用語ってやつだ……〈商品〉として出版する以上は、ぼくの作品でも避ける表現だな」

「まー、プロだからな」

「だが……なんだ？　納得いくものはあるが……納得いかないやつは、なんだこれ、ちとヒドいんじゃないのォ？」

「だろォ〜〜〜〜〜〜〜!?　〈感電死〉とかよォ、〈高圧線〉とかよォ、なんで禁止されなきゃあならねーんだ？　って思うよなァ〜〜。で、なんで？　って聞いてみたらよォ、ちょっと前に起きた変死事件への〈配慮〉だっつーんだよ！　知るかッ！　ボゲッ！　いや言わなかったけどな。俺大人だから、そこは納得したフリしたよ」

「〈地震〉や〈津波〉も駄目か……ちょっと敏感というか、キツすぎるんじゃあないの？」

「だよなァ〜〜〜！　そりゃ俺たち漫画家は〈絵〉で勝負だよ。でもな、〈話〉がないなら漫画じゃあねー。言葉はぜってー大事だ。さし障り（さわ）のない言葉に変えたり、プロットを差し替えたり、ってくらいはできるけどよォ、リアリティがなくなるだろ？　こんだけ言葉を絞られたら、ウソくさい話になっちまうよなぁ」

「そうだな……これはさすがにぼくもどうかと思うぜ」

実際のところ、そのリストは明らかに過剰だった。

一応、なぜ使ってはいけないのか、という注釈が添えられてはいるが、その内容もてんで納得がいかない。

いったい、誰の、何の苦情に怯（おび）えているのか。

出版社とはここまで臆病なものなのか。

リストを渡されていない露伴からしても、戸惑いと憤りを感じずにはいられない。

いち表現者として、表現を規制されること。それは呼吸を止められるにも近い苦しさがあるに違いない。

しかし……十五にとって、どうやら主題はそこではないようだった。

「まあ、俺もプロだよ。使うな、と言われれば使わねー。大リーガーだって金もらってる以上はルールの中でやるもんだからな。誰かが言ってたぜ……〈漫画は芸術じゃあなくエンターテインメントだ〉ってな」

「その言葉には、ぼくとしてはいろいろと言いたいこともあるが……」

「まあ、今する話じゃあない」

それを十五に決めつけられるのには、軽くムカついた露伴だったが、十五は露伴が口を挟む暇もなく話を進めた。そういうテンポ作りが上手かった。

「露伴先生ならわかってくれると思うが……重要なのは、自分を表現するだけで終わっていいもんじゃあないってーことだ。誰かを楽しませる。人に見せてナンボの代物だってことだ……そうなると、まず世間に出すためのルールってやつは無視できねー。安易に○○○○とか××××とか――この場で使うのも憚られるような表現――を出せば、不愉快に思う人間のほうが多いって、俺だってわかる」

「まあな。……〈読んでもらわないと意味がない〉。ノートの中に落書きして喜んでる中学生とかじゃあないんだ。連載が楽しみで雑誌を買ってくれてる読者に届けるには、それで仕事を投げ出すってワケにもいかない」

「だから、いいぜ。ゼンゼン納得いかねーが、それはいい。ルールってんなら……サッカーでいう〈オフサイド〉とかはいまいちピンとこねーが、従うわけだ。だが——」

十五はぱらぱらとページをめくりなおした。

わりとページ数の浅い位置。「か」行の単語を探して、指す。


〈くしゃがら〉


それには……さすがに露伴も面食らった。

「……〈くしゃがら〉?」

「この単語、わかるか?」

首を傾げた露伴に、十五が問いかけた。

——くしゃがら。

露伴の人生に……いや、人生を懸けて己の頭に蓄積してきた知識、ネタに、このような響きの単語はない。

まるでオノマトペだ。意味があるとも思えない。

「いいや、さっぱりだな。何かの方言か？」

馴染みのない言葉すぎて、一種の気色悪さすら覚える。

一方で、その新鮮な響きに対し、露伴は少なからず興味も抱いた。だから十五に聞いてみたのだが、

「それがよォ〜〜〜……」

当の十五もまた、困惑した表情を浮かべていた。

「……わからねぇ。さっぱりだ」

十五は、いかにも「まいった」という仕草で吐き捨てた。

溜めたわりにあまり意外な返しでなかったことに、露伴は勝手に落胆したが、とくに態度には出さなかった。

「だろうね。ぼくがわからないものを君が知っているわけもないとは思ったけどな」

「まあ言うとおりだよ、ゼンゼンわからねー。この単語だけ意味が書いてねーし、なぜ使ってはいけないのか、ってとこも空白だ」

「にしても、聞き慣れない響きだ……担当には聞いてみたのか？」

「そりゃあ聞いてみたさ。でも〈使っちゃいけない〉とだけ言うんだぜ。意味わかんねーよなぁ……辞書にも載ってねーし、ググってもダメだ」

「お手上げじゃあないか」

「そうなんだよ。……でもよォ、あのマジメな担当は言うんだぜ。ただ〈使っちゃいけない〉だけなら、意味がわからなくてもいいだろっ……てな」

「態度が悪いなァ〜〜〜〜〜〜！」

「だっろォ〜〜〜〜〜〜〜〜〜〜〜⁉　悪いなんてもんじゃあねえ、極悪だぜッ！　何のためについてるかわからねーボタンでも〈押すな〉と書いておけば安全だろって理屈らしい。たしかにな、そのとおりだ。注意書きさえしてあればボタンなんか押さねー。善良な一般市民ならな。理屈はわかる」

「だが気に食わない」

「話がわかるゥ〜〜〜〜〜〜ッ！　マジでスムーズッ！　うちの担当とは大違いだぜ。長年コンビ組んだコメディアンみてーに欲しい言葉をくれるッ！」

「誰がコメディアンだってェ？」

「ああ、でも露伴先生の言うとおり、気に食わねーんだよッ！　テメー、使っちゃいけねーならなんで使っちゃいけねーのか説明しろってんだよ！」

「使わないことは簡単だ……。しかし、〈なぜ〉を知るのは重要だ。〈なぜ〉ダメなのか、〈なぜ〉危険なのか……それを知った上であえて使わないのと、ただ使わないのとでは作品に出る〈厚み〉が違う」

「そうなんだよ、マジ話が早くて助かるぜ露伴センセェ〜〜〜〜……〈ロウを塗った引き戸〉みてーにスムーズだ。そこなんだよ、俺が問題にしてーのは」

「さっきから失礼なんだよッ！　もう例えるのをやめろ！　ハッキリ言うけどそういうのヘタクソだぞッ！」

　ロウを塗った引き戸に例えられたことには、露伴もやっぱりムカッとした。が、十五は露伴の文句が止まらなくなる前に話を続けた。

「許し難(がた)いことだぜ、こいつは……。漫画家の武器は絵だけじゃねー。言葉もだ。生き生きとした台詞(せりふ)回しは、物語上ぜってーハンパにしちゃあいけねーとこだ。だから気になった単語を〈わからなかった〉ですますわけにはいかねー。〈使わないという使い方をする〉ってことだからな。なんとしても知りてーワケだ」

「まあ……同意してやるよ」

「まーそういうワケでよ……正直、俺は岸辺露伴なら、知ってるんじゃあねーかと思って声をかけたんだ。逆に言えば、あんたが知らねーならたぶん、他の同業者に聞いたところで無駄だろうってな」

「正しい認識だと思うよ。だが……生憎、ぼくもそんなトンチキな単語は聞いたことがない。思い当たるフシもないな」

「……だよなあ」

　十五は、見るからに肩を落としていた。

それほど期待が大きかったのだろうか。大げさにも見える仕草だった。

「標準語じゃあないのは確かだろうがね」

「違いねえ……近い響きの言葉から推察しようとも思ったぜ。〈そばがら〉とか〈くしゃみ〉とかそういう物の変形かもしれねーって。でも、それならそれで、禁止用語にするのは理屈が合わねー」

「よく使う言葉の変形なら、そもそも禁止されたりしないはずだからな」

「そうだ。使っちゃあいけねーなら、重要なのは〈意味〉だぜ」

「日本語じゃあない、という可能性も考えたが、それならたぶんアルファベットで表記するだろうな。やっぱり方言かもしれないぜ」

「やっぱそうか……方言辞典とか、そういうのを調べてみるのもいいかもな。……〈くしゃがら〉……〈くしゃがら〉……繰り返してみると擬音語のようにも思えるぜ。なんかよー、握り潰すとか、そういう響きっつーの？」

「でなければ端的に、差別用語なのかもしれないな。だとしたら納得だ。禁止用語の中でも、最も配慮しなくちゃあならないところだろうし」

「その線はあるよな。でも、それならそれで意味が知りたいよなぁ〜〜。配慮している相手が誰なのか、それもわからねーっつーのは、マジで納得いかねーもんなぁ〜〜〜〜」

「結局のところ、担当を問い詰めればいいんじゃあないの？」

「それがよ、捕まらねーんだよ。あの担当」

「……なに？」

ここで、露伴は初めて、ハッキリとした違和感を抱いた。

「いや、電話には出るんだぜ？　でも、この単語について聞こうとしてもラチがあかない……出版社に直接行ってもいつもいねーし。ここ最近は顔を合わせて打ち合わせもしてねー。そうこうしてる間に締め切りは迫ってくるんだから、俺もかまってばかりはいられねーし……」

「……ちょっと、おかしいんじゃないか、それ？　ぼくなら編集部に担当を替えろ、って怒鳴りこむところだが」

「俺もそう思うんだけどなぁ～～～～……俺、あんまり担当編集を怒りたくねーんだよ。なんつーか、本が出せるのって自分の力だけじゃあねーじゃん？　そういう編集とか流通とか、あるわけだからよォー、なるべく文句言わねーようにしてんのよ、俺って」

「お人よしというか、そこまでいくと少し間抜けだな」

露伴は鼻で笑い、十五は笑わなかった。

「とにかくよ、気になるんだ。〈くしゃがら〉って言葉が……べつにもう、編集からじゃあなくてもいい。誰か教えてくれればそれでいいんだ」

まるで泣きごとだ、と露伴は思った。

いや、実際泣きごとを言っているのだろう。十五の困窮は確かだった。露伴のこれまでの印象では、この男はこれほど弱音をはくような人間ではなかった。

「…………なあ、露伴先生よ。一生のお願いだ……もし〈くしゃがら〉って言葉について、何かわかったら教えてくれねーか。マジで、何でもいい……一生のお願いってやつがマジで一生で一度しか使えねーなら、俺は迷わずここで使うぜ」

「ずいぶん安い〈一生〉だな」

またも露伴は笑ったが、十五は笑わなかった。

どうやら、十五は露伴が思った以上に本気なのだ。相手の事情の深刻さなんて、たいして気にする露伴じゃあなかったが……やはり、十五の様子は珍しいものだったから、気にならないと言えば嘘になる。

「……わかった。わかったよ。何か調べてわかったら連絡くらいしてやる……だが頼りきられても困るからな。そもそもぼくには関係のないことなんだ」

「ああ……いや、助かる。それでいいんだ……マジで感謝するぜ」

そう言うと、十五はいつの間にか空になっていたグラスを置いて、ようやく席を立った。

来るのも勝手なら、去るのも勝手な奴だ、と露伴は思った。

「心がスゥ～～～ッと楽になったよ。やっぱ誰かに話すって大事なことだよなァ～～」

「話されるほうの都合を考えるほうがもっと大事なんじゃあないか」

「まあそう言うなって、露伴先生って相談役に向いてるぜ。いや、マジで。俺は少なくともそう思う！」

「思うなッ！　むしろ今後二度と頼ってくるんじゃあないッ！」

「へへへ……いや、マジで助かったんだぜ。じゃあな」

そう言って、十五はゆらゆらと肩を揺らす、独特の歩き方で帰っていった。

ああいう歩き姿を見ると、本当にチンピラでしかない……あんな粗野な仕草で、本当に漫画を描くなんて繊細な作業ができるのか？　と露伴は思わずにいられなかったが……言葉の意味なんてものを考えて思い詰める、その繊細さがバランスをとっているのかもしれない。

そんなことを考えながら……露伴の思考は、少しずつ、その〈くしゃがら〉なる単語のことへと移っていった。

「……〈くしゃがら〉……〈くしゃがら〉ね。なんとも奇妙な響きだ…………気になるのは確かだが、あんなふうに必死になってザマァないねって感じだな。ま、暇があったら調べて、意味がわかったら教えてやって優越感に浸る、ってのも悪くないか……恩に着せれば、もうウザい絡み方してくるな、って言えるかもしれないしな……」

言いながら、会話で乾いた喉を潤そうと、露伴はアールグレイの満たされたカップをとって口をつけた。

「ウッ！」

唇に触れるのは、不快感を伴った〈ぬるさ〉。

陶磁器製のカップでは、長話の間の保温には耐えられない……香しいフレーバーを漂わせていたアールグレイは、すっかり冷めてしまっていた。

「…………クソッタレめ」

冷めきったアールグレイを一気に飲み干し、露伴は荒い足取りで帰路についたのだった。

十五はイラついていた。

例えるなら〈「健康のため」なんて軽い気持ちで始めた禁煙の、五日目の朝〉のようにイラついていた。

いや、例えてはみたが、十五は禁煙に成功していた（煙草を吸う経験と、禁煙のイラつきの経験をどちらも得られたことは、そのイラつきよりも漫画家としての満足感が大きかったからだ）。同様に、食欲だとか、睡眠欲だとかは我慢できる。性欲なんか楽勝だ。

だが、〈知識欲〉だけは我慢ならなかった。

漫画家というか、創作家の精神というのは、肉体から離れた位置に存在するので、多少の痛みや苦しみ、肉体の餓えには強いものだ。

だからこそ、精神の餓えは辛い。

知識が満たされないこと。

それは砂漠の中を、塩の効いた干し肉と海水入りの水筒をもって歩くよりもずっと！

本当に、本当に辛いのだ！

それからも十五は家じゅうの辞書をひっくり返したり、図書館に籠ったり、また集英社の編集部を訪ねたりして過ごしたが、一向に〈くしゃがら〉のことはわからなかった。

あんまり編集部に顔を出しすぎて、厄介者呼ばわりされ始めたことも気に食わなかった。

そんなことより原稿の進捗は大丈夫なのか？　などと言いだす編集者もいた……。

締め切りを守らなかったことなど一度もない十五にとって、それは屈辱でしかなかったから、次第に編集部には寄りつかなくなった…………。

次に岸辺露伴と志士十五が顔を合わせたのは、ほぼひと月後、町の古本屋だった。
露伴がその店を訪れるのは、初めてだった。
本ならば、なるべく良い状態で手に入れたいものだ。新品であるのがなによりだし、中古にしたってコレクター向けのオークションや、せめて大型チェーン店できちんとビニールに包まれたものを求めれば、ずっと状態の良いものが手に入る。

だから、入ったこともない個人経営の古本屋を訪れたのは、べつに（まあ、案外掘り出し物もあるかもしれないので、期待がゼロというわけでもなかったが――）本が欲しかったからではない。〈さびれた古本屋の雰囲気〉を味わってみようと思ったにすぎないのだ。

ただ、こういった気まぐれに身を任せたとき、岸辺露伴が遭遇するのはたいてい……そう、執拗にジャンケンを挑んでくる小僧に因縁つけられたりするような、予想だにしない展開なのだ。

今回は、それが十五であった。

以前とは違う、十五であった。

「だからよォ～～～～～～……他に辞書は置いてねーのかっつってんだよ！　百科事典とかじゃあねー。もっとこう、方言とか、古語とかよー、そういう方面に強い本はねーのかよォ――」

「勘弁してくださいよお客さん………」

いかにも「親から継いだ店を道楽でやってます」ってカンジの、恰幅のいい初老の店主に十五が絡んでいた。

もともとチンピラ臭い見た目ではあったが、こうして客観的に見るとチンピラでしかない。しかし、本当に他人にあんなチンピラのような絡み方をする人間ではなかったはずだ……いくら人相が悪いとはいえ、基本的にはカラッとした人格のはずだ。だから、その様子には違和感を覚えた。

元から悪い人相が余計に悪く見えるのは、頬がこけているせいだろうか？

以前、露伴と話してから一か月も経(た)っていないはずなのに、なんであんなに人相が変わっているのだ……？

いくつもの疑問が、露伴の視線を引きつけた。

しかし十五はそんな視線にも気づかず、すっかり憔悴(しょうすい)し切った様子で、困惑する店主へと絡み続けている。

「頼むよォ〜〜〜……あるなら出してくれよ、店頭に出してねー在庫とかもあんだろォ？　何でもいいんだ……こんなにお願いしてるんだぜェ〜〜〜ッ！」

「しつこいなアンタ！　だからないって言ってるだろ！」

「チクショ————ッ！　じゃ、じゃあよォ、アンタはどうなんだよ」

「な、なにが！」

「〈くしゃがら〉について知らないかっつってんだろボゲェ————ッ！　なんでもいい、ちょっと耳に挟んだってだけでもいいんだッ！　噂に聞いたとか、近所のガキが話してたとか、そういうのねーのか！　あるんだろ？　あるって言えよォ〜〜〜ッ！　テメー、言えねーならその役に立たねー首へし折ってやってもいいんだぜッ！」

「ゲッ！　ぐ、ぐ、ぐぐ……」

どう見たって、ただならぬ雰囲気だった。

店主の胸倉を掴んで、焦点の合わぬ目で詰め寄る十五。それが尋常なやり取りでないことは明らかだ。

露伴も関わり合いになりたくないとは思ったが、決して知らない仲じゃあない相手が、ひとつ間違えば殺してしまいそうな力で店主に掴みかかっているのは……見過ごせる範疇を超えていた。

露伴は手に取っていた「浮世絵体系・名所江戸百景」を棚に戻して、その手で十五の肩を掴み、店主からひき剥がした。

「ウォオオオ――――ッ！　テメー、なにす………ッ！　き、岸辺露伴……」

「ああ、そうだ。ぼくのことがわかる程度には正気みたいだな」

というより、十五は露伴の顔を見て多少、我に返ったようにも見えた。

「邪魔したよ」

もう少し、煤けた本の匂いに包まれていたかったが、戸惑いながら襟を直す店主の視線が居心地悪く、露伴は本も買わずに十五を引っ張って、店から出た。

風通しの悪い店内から、日の当たる路地へ出ると、身体が光に燻されるように感じる。

その陽光が十五を照らし、干された羽毛布団のように浄化してくれることを、露伴は少し期待した。

「ったく、何やってんだ……おかげで本を読みそびれちまったよ。〈亀戸梅屋舗〉をまだ見ていなかったんだがな……」

「お………おうッ、す、すまねえ………」

実際、十五はやや落ち着いたようだった。

悪夢から覚めたかのような顔だ。しかし、夢の内容を忘れられない。そんな顔だ。

血色の悪い肌には汗がにじみ、目の下には隈がある。髪も脂っこさが感じられ、ろくにセットもされていないように見える。

漫画家とは思えないほどに自分を飾り、うっとうしいくらいの社交性に溢れていた男が、今や落伍者のようなみすぼらしさがある。

たったひと月で、これほど人相が変わるものだろうか……。

露伴は、人間の顔は整形などよりも（それがスタンド能力を用いていれば話は変わってくるが、置いておくとして）精神の持ちようで変化すると思う。

だとすれば、十五の精神はよほどすり減っているに違いない。

そして、その原因は明らかだ。

「……君、あれからずっと調べていたのか？　〈くしゃがら〉とやらを………」

「あ、あ、ああ……そうだ。そうだよ。俺、気になってしかたなくってよォ――」

「だがその様子だと、未だにわからないみたいだな」

「……人生で、これ以上はねーってくらい辞書を読んだぜ。小説も、図鑑も、絵本まで読んだ。警察にまで聞きに行ったんだぜ。だが、やっぱりねーんだ……〈答え〉はどこにもない」

「あれから、ぼくも気になって少し調べてみたが……」

「あったのかッ⁉」

「落ち着けッ！」

今にも噛みついてきそうな十五に、露伴は面食らった。

止めようとして止まったことすら、運が良かっただけに思える。〈くしゃがら〉という言葉を耳にした十五の目は、狂犬病に罹患した犬のようだった。

「ぼくも探した。探したが……なかったよ。さっぱりだ。書籍、放送作品なんかを問わず、そんな単語は見当たらなかった」

「だ、だよな……チクショー……。〈禁止用語〉ってだけのことはあるぜ、クソッ。やっぱり使っちゃあいけねー単語はむやみに使わねーんだ……本やなんかを調べて、出てくるわけがねー……わかっちゃあいるんだ、わかっちゃ……」

「どれだけ古い文献を調べてもダメだった。〈禁止〉されてるから使えないってことなら、この単語はそうとう根深い理由で、そうされているんだろうな」

「だったらお手上げかよッ！　クソッ！　納得いかねーよッ！　諦められね〜〜〜ッ！

むしろそれだけ厳重に禁止されているなら、〈理由〉がセットになっているはずだぜ！

ああ、そうだ。単語はなくっても、なぜ〈くしゃがら〉が禁止なんだよッ！　そこが知りてーだけだっつーのに！」

「……………なあ、ぼくは、今からぼくらしくないことを言うぞ」

露伴はそう前置きした。

十五の目の前に、人差し指を立ててから、呼吸を整えていった。それはまるで猛獣をなだめるような仕草だったし、実際にそれと変わりなかった。

「……もう〈気にしない〉っていうのはどうかな？」

「なに？　……俺よぉ、耳はいいほうだと思うぜ。メタルとかを大音量で聞いてても、小銭の落ちた音だって聞き逃したりしねー……だけど、聞き間違いかなァ〜〜……今、〈気にしない〉って言ったのか？　まさかとは思うが……」

「……あれから一か月。一か月だぞ。振り回されすぎだ。新作の企画がスタートしているのなら、他のことに費やしていい時間じゃあない」

自分で言っていて、本当に〈らしくない〉なと露伴は思った。

自分が十五の立場であれば、躍起(やっき)になって調べ続けるに決まっている。

実際、ちらりと話を聞かされただけでもずいぶん調べてしまったものだ。自分自身の仕事がなければ……その仕事はハッキリ、締め切り前にこなし、読者に届けるというプライドがなければ、もっとのめりこんでいたかもしれない。

当事者でないからこそ、客観的に見ることができたのだ。

そうでも言ってやらねば、十五はもっと、なにか深淵(しんえん)なところに踏みこんでいってしまうだろう……ということを。

だが、

「無理に決まってんだろこの××××野郎がァ――――ッ！」

十五は言った。

そう、ばっさりと言った。……何を言ったのか。それはあまりにも汚い言葉で、とてもそのまま記(しる)すことはできない。だが、ともかく汚い言葉だった。

ので、露伴は瞬間的にプッツンきて思わず十五をブン殴った。

「ウボゲェ――――ッ！」

商売道具である〈利き手〉を使わないくらいの理性は露伴にも残っていたが、十五はけっこういい音を立てて道端に転がった。

「……親切に〈落ち着け〉って言ってるんだぜ、ぼくは。君がムカついて他人に当たり散らすのはまあいい……だが声をかける相手によってはアスファルトと頬(ほお)ずりする羽目(はめ)になるんだ。……ぼくがGペンを握ってなくって良かったな、オイ。指くらいは千切れるんだぜ、あれ」

「う、うう……す、すま、ねえ……」

「今のは〈勢い〉ってことで許してやる。だがこの岸辺露伴をこれ以上ナメてかかるようだったら、ぼくはいよいよ君を見捨てるからな」

「ご、ごめんな。マジで俺もわかんねーんだ……でも頭の中が〈くしゃがら〉でいっぱいでよ……なんかよくわかんなくなっちまうんだよ……」

こめかみを押さえながら立ち上がろうとする十五だったが、足取りは明らかにフラついていた。

べつにそこまで強く殴ったつもりもなかったので、露伴は怪訝に思った。

十五の様子は、やはり、心も身体も明らかにおかしいのだ。

とてもではないが「ひとつのことに夢中になって、周りが見えていない」ではすまされない状態だ。何かヤバいものでも吸ってるんじゃないか……？　露伴がそう疑いはじめるのも、無理のないことだった。

そんな露伴の思いを知ってか知らずか、十五はフラフラとしたまま頭を押さえて、ブツブツとうわごとのように呟きはじめる。

「ああ……クソッ、俺は〈くしゃがら〉が気になるだけなんだよ。昔からよー、親には褒められたぜ。『お前は一度気になったら、なんでも調べようとする。そんなに辞書を読む子供なんだから、大人になったとき助けになる』ってよ……それが、この有様はなんなんだよ」

「知るわけないだろう」

「……くそ、くそっ、〈くしゃがら〉……〈くしゃがら〉……」

取りつかれたように、十五は繰り返し、繰り返し、唱えていた。

それは呪文のようだった。

それは発作のようでもあった。

「〈くしゃがら〉だッ！　それだけなんだ！　〈くしゃがら〉さえわかれば、今の俺は他に何もいらね――――ッ！　〈金塊〉だって〈一億円の小切手〉だって目じゃあねえぜ！」

「もう、帰ってネタでも練ったらどうだい？　いい加減そっちにも仕事ってものがあるだろう」

「駄目なんだよ……一度〈くしゃがら〉が気になったら、何も『くしゃがら』手につかねーんだ。よ……」

「……ん？」

違和感。

それは明らかな違和感だった。露伴からしてみれば、聞き間違いかと思うほどに引っかかる部分だったが……十五は、気にした様子もない。

「なんだよ」

「いや……今、なんていうか……おかしくなかったか？　用法っていうか……〈タイミング〉みたいなのが」

「タイミングゥ～～～～？　何よくわかんねーこと『くしゃがら』言ってんだよ。こっちは〈くしゃがら〉についてマジで悩んでんだぜ」

「おいッ！　また言った！　さっきからおかしいぞッ⁉」

「なんだとテメーッ！　俺を〈おかしい〉奴呼ばわりするってェーのかッ！　『くしゃがら』言っとくけどなァー、いきなり『くしゃがら』プッツンするのはお前『くしゃがら』だけの特権じゃあねーんだぜ！」

「そういう問題じゃあない！」

おかしかった。明らかにおかしかった。

それはまるでくしゃみだとか、しゃっくりのように、十五が喋るたびに、割りこむように不自然なタイミングで放たれていた。

――発作。

そう、それは発作だ。発作とは、病んでいるときに身体から出てくるものだ。

そこではっきりと、露伴は十五が〈病んでいる〉のだと認識した。そして十五にはその自覚が、まったくと言っていいほど存在しないようだ。

十五は熱に浮かされているような状態なのだ。漏れ出る咳が止められないように、彼の興味と情熱は、今もなお垂れ流され続けていた。

病は気から。そういう言葉もある。

しかし気づかないまま進行する病のほうが、よほど多いのだ。

十五は気づいていなかった。

己の中で育ちつつある〈病巣〉に、気づいていなかった……。

そうして、病というものは案外、他人から見たほうがわかりやすかったりするのだ。顔色だとか、発疹だとか、そういう外見的な変化は他人から見たほうがはっきりわかる。

だから、先に気づいたのは露伴だった。

「…………ん？」

「〈くしゃがら〉のことを『くしゃがら』忘れようとしても、眠ることも『くしゃがら』できねーくらいにずっと〈くしゃがら〉のことばっか考えちまう……チクショー、初恋に悩む中学生じゃあ『くしゃがら』ねーってのによォ〜〜〜〜」

「…………」

「どうした『くしゃがら』んだよ？　急に黙り『くしゃがら』こくっちまってよォ〜〜」

「…………オイ」

「お前も、俺の『くしゃがら』ことを馬鹿にすんのかよォ〜〜〜〜ッ！　『くしゃがら』あんまり『くしゃがら』舐めたことしてっとブチのめし『くしゃがら』ちまうぞッ！」

「いや……まて、なんだ？　その…………………〈口の中〉……」

「…………あ？」

十五は困惑した。

スゴんではみたが、それにしたって露伴がたじろいでいたからだ。怯えている、と言っていい表情だった。

高慢ちきで自信家の岸辺露伴が、そうは見せないだろう表情だった。

そしてその視線は、明らかに十五のほうを向いている。

「……なんだ？　と聞いているんだ。その、口……いや、〈喉〉か？　……何が、出てきているんだ？　それ……」

「…………『くしゃがら』…………？」

十五の目に映らないのも無理はない。

だが、露伴にはハッキリと見えていた。

今となっては、よくわかった。その「くしゃがら」という言葉を発しているのが誰なのか。露伴には見えてしまっていた。

十五の喉の奥から、〈奇妙な何か〉が顔を出していた。

「くしゃがら」

「――――ッ！」

〈こいつ〉だ。

十五ではない。〈こいつ〉が言っているのだ。人ではない何か。生理的な嫌悪感すら感じさせる、奇妙な何か。

喉の奥から、這い出ようとしている。

それを認識した瞬間、露伴は叫んでいた。

「〈ヘブンズ・ドアー〉ッ！」

宙に姿を現す、帽子をかぶった少年の〈イメージ〉。

一瞬の閃光に包まれたようになって、十五は意識を手放した。

成長した露伴の〈ヘブンズ・ドアー〉…………今となっては問答無用で叩きこめる無敵の能力ではあるが、〈波長〉が合うに越したことはない。その点、同じ漫画家である十五には効果てき面だった。

瞬く間に十五は〈本〉になって、その場に崩れ落ちた。

意識を保つこともできていない……そのことから、十五自身はなんの変哲もない、普通の人間であることを、露伴は再確認した。

と同時に、意識を失った拍子に口が閉じて、喉の奥にいた何かは姿を消していた。

正直なところ、胸を撫で下ろした。

「よくはわからなかったが………おそらく〈危ないところ〉だった。咄嗟に〈ヘブンズ・ドアー〉を使ったのは正解だと思いたいな……」

〈本〉になった十五の傍に屈み、露伴はそのページをめくった。

果たしてあの奇妙な生き物はなんだったのか。

十五自身がそれを自覚している様子はなかったが……相手を〈本〉にして読むことのできる露伴の〈ヘブンズ・ドアー〉ならば、その答えを読み解くことができるかもしれない。

そういう期待と、願いがあった。

「……志士十五。本名、西桂太郎……普通だな。父親が漫画好き。高校在学中に投稿作品が受賞し、それをきっかけにデビュー……そのころからつき合っていた恋人とは二年前に別れているが、今年の初めに結婚式に招待され、出席した………いや、今興味があるのは、べつにそういうところじゃあない……」

人間を本にし、人生を読む。

その行為にはいつも、単なる小説や伝記を読む以上に、鮮烈な好奇心を刺激される。

〈ヘブンズ・ドアー〉による閲覧はこの世で最も強力な〈のぞき見〉だ。

その人生、経験、コンプレックス……それが黄金の体験であれ、吐き気を催す過去であれ、どちらと問わずに暴き出す。

〈ヘブンズ・ドアー〉に読めないものはない。

自分の遠い記憶と、運命以外は。

……そのはず、なのだが。

「………………なんだ？　これは…………」

十五の〈ページ〉をめくっていくうち、露伴が目にしたものは…………今まで読んできたどんな人間にも当てはまらない、奇妙なものだった。

「…………〈袋とじ〉……だと？」

そう――。

何十ページもめくった先に、突然現れた、その不自然な箇所。

ページとページの端がくっついて、内側が見られないようになっている……週刊誌やなんかで目にすることもあるだろう。〈袋とじ〉がそこに存在した。

「…………なんだ？　これは…………。〈ヘブンズ・ドアー〉に、読めない範囲が存在する……とでもいうのか？　……たしかに、〈ヘブンズ・ドアー〉が作り出す〈本〉には、稀に相手の状態によって妙なことが起こるが、こんなケースは初めてだ……」

袋とじの外側には、びっしりと模様のようなものが描かれている。

ぐちゃぐちゃに書きなぐったようなその模様は、見ていて本能的に〈ヤバい〉と感じさせる力があったが……よく目を凝らしてみれば、その理由がわかった。

それは模様ではなかった！

ページが黒くなるほど無数に刻まれた、小さな手形ッ！

「……いよいよ、こいつはヤバいぞ。もう単なる〈言葉〉じゃあない。こいつには、〈ヘブンズ・ドアー〉に対抗しうる力があるッ！」

果たして、この〈袋とじ〉をどうするべきか。

ページを引きちぎってしまえば、露伴は相手の記憶を奪い取ることができる。だが果たして、それでハイ終わり、と解決するものだろうか？

これが漫画なら、そんな〈簡単なハッピーエンド〉がありえるだろうか？

しかし、目の前の現実は……ページをめくられるのを待つ漫画のように、露伴の判断を待ってはくれなかった。

「くしゃがら」

「はッ！」

また、声がした。

それも〈袋とじ〉の中からだ。

「くしゃがら」

声がするたび、袋とじがうごめく。

雑誌であれば「ここからきれいに開封してください」とでも書いてあるであろう、袋を閉じている部分が、もぞもぞと内側から引っ張られている。

「……コッ、この〈袋とじ〉、中に何かいるぞッ！　閉じこめられている……いや、まさかこいつ、ここから出てこようとしているんじゃあないだろうな！」

露伴の問いかけに「はい、そうです」と答えるかのように、〈袋とじ〉の端がピリッ、と音を立てて破けた。

――まずい。

何がなんだかわからないが、とにかくこのままでは、絶対にまずい。迅速に対応しなければならない。

おそらく……この現象は〈くしゃがら〉という言葉が原因だ。

十五に影響を与えているその言葉。果たして、それで対処が合っているのか定かではないが……今はやるしかない。

〈手遅れ〉になる前に。

露伴は、ポケットの中からメモ用のペンを取り出し、十五の〈ページ〉の余白へと手を伸ばす。

「〈くしゃがら〉という単語に関するすべてを忘れさせるッ！　それしかないッ！」

ペンの先が、余白へと押しつけられる。

そして、〈くしゃがら〉という単語をそこに書きこもうとする……これが、今、とっさに唯一とれる対処方法。

しかし……現実はさらに、予想と期待を裏切っていく。

「……なにッ」

何度も、何度もペンを走らせる。

しかし、〈くしゃがら〉という単語を書きこんだ瞬間……まるでインクが蒸発したかのように、それが消えてしまった。

書きこんでも、書きこんでも、インクが定着しない。それどころか、ガリガリとページの上をなぞるだけで、線すらも引けなくなっていく。

「馬鹿なッ！　書きこめないだと⁉　買ったばかりのペンだぞ……インクが切れるはずもない！　……まさか、まさかッ！　〈禁止〉されているのか⁉　この単語を使えない……〈禁止用語〉だから、書きこめないだって⁉」

合点（がてん）がいった。

どの文献を探しても、この単語が見つからないはずだ。

〈禁止されているのだから使えない〉。それは理不尽（りふじん）だが……あまりにも単純で、強力な理屈だ。

「くしゃがら」

「くッ……こいつ、出てくるぞッ！　今にも、〈袋とじ〉を突き破って、外へ出ようとしている……！　〈寄生虫〉の中には、宿主（しゅくしゅ）の中で育ち終わったら、その身体を食い破る種類がいるらしい……こいつが〈そう〉だとすればッ！」

一刻の猶予（ゆうよ）もない。

「くしゃがら」

その言葉が、タイムリミットを刻むように響く。べり、べり、と、十五を内側から切り開いて、姿を現そうとしている。

「ウオォォォォォォォォォ――――――――――――ッ！」

露伴は叫んだ。

もはや思考している暇はなかった。そのペンを握り締め、漫画を描くときの、その超人的な執筆速度をフルパワーで使い…………十五に、〈書きこんだ〉……。

「…………あれェ？」
十五が目を覚ましたとき、その頭はやけにスッキリとしていた。

なんというか……一か月ぶりに、服もパンツも着替えて、熱い風呂に入ってヒゲを剃って、真新しいシーツで寝て起きたような……そんな気分だった。

「……俺ェ、ここで何してんだ？」

「…………」

「おっ、露伴先生じゃあねえか。奇遇ゥ〰〰〰ッ！　いや、奇遇っつっても、俺なんでここにいるのかわからねーんだけどよ、まあわからねーのにたまたま会えた、ってことは、なおさら奇遇ってことだぜ。そうだろ？」

「……そういうことにしておくか」

「あぁ？」

十五には、何がなんだかわからなかった。

考えようとしても、考えようとする材料が足りない気がした。けれど岸辺露伴が珍しく素直だったし、昼下がりの太陽の下は気持ちよかったから、まあいいか、と思った。

「まー、なんかよくわかんねーけどよォ、俺、帰るわ。なんか今、頭がスゲー新鮮な気分でよォー、サウナとか入って、古い汗全部捨てちゃった気分なんだよ。新作のネタとか考えたら、けっこういいのを思いつく気がするんだ」

「……ああ、そうかい。頑張れよ」

「〈頑張れ〉？　今〈頑張れよ〉って言ったのか？　うっわ――――めずらしッ！　岸辺露

伴に応援されたなんて言ったら、業界の人間だいたいブったまげるぜェ〜〜〜〜ッ！　話していい？　これ自慢していいやつ？」

「……まあ、好きにしろよ」

十五はますます首をひねった。

こんなに大人しい……いや、べつに騒がしい人間でもないような気はするが、とにかくそういう露伴を見るのは初めてだった。

志士十五は、岸辺露伴という人間が、その漫画が好きだった。

偏屈な奴だが、漫画家としては尊敬する点しかない。涼しい顔で執筆をこなすクセに、その漫画はどれも素晴らしい生命エネルギーに満ちあふれていて、いつ読んでも唸(うな)らされたものだ。

十五は、露伴に〈同業者〉という言葉を使いたがった。

彼と同じ仕事をしている。そう思うと〈誇り高い気持ち〉になれたからだ。

だからこそ、彼は露伴に邪険に扱われようと（正直、人に対する露伴の態度はどうかとは思っていたが）、同じ漫画家という視点で話ができるだけで満足だった。

それが、今の露伴ときたら、妙に対応が柔らかい。

その事実が、十五の〈晴れやかプラスなんだかやる気満々な気分〉をあと押しした。今ならきっと、素晴らしい漫画が描けるに違いない。

「へへ……それじゃあまたな、露伴先生。なんだかんだ言って、次に顔を合わせるのは集英社のパーティかもしれないが……」

「ああ……ぼくが出席すればな」

「そういうところは、いつもどおりだ」

十五は笑い、露伴は笑わず、そうしてふたりは別れた。

少し傾き始めた太陽が、露伴の表情に影を落としていた。

そういうわけで、十五はすごいことになった。

なんというか、今までにない、〈自分の知っていた今までの日常〉を超える引き出しを得たようで、架空の物語にすさまじい〈スゴ味〉を盛りこむことができた。

漫画家としての自分には、まだこんなに伸びしろがあったのか！

そんな素晴らしい気持ちでいくつかのプロットを作り上げ、さっそく編集部に電話しようと思ったところで、

「そうだ、担当が替わったんだっけ」

と思い出した。

だが、新しい担当の名刺や連絡先が、なぜかさっぱり見つからなかったので、編集部に問い合わせたところ、しこたま怒られた。

「あのねェ十五先生！　前の担当と仲が良かったのは、よォ〜〜く知ってるよ！　でも、だからって一か月も打ち合わせをすっぽかして、編集部に電話かけてくるのはやめてくださいよォ〜〜！　あいつまだ経験浅いんだから、こういうことされるとノイローゼ気味になっちゃうんですよォ〜〜！」

「は？　オイオイオイオイオイ、何のことだよ。さっぱりわからねーぞッ！」

「トボケないでくださいよ。最初の顔合わせからしてアンタすっぽかしてるんだから……かと思えば、なんかブツブツ途切れ途切れの電話ばかりかけてくるし……〈何かについて聞きたい〉とか言ってたけど、その〈何か〉が毎回聞こえなくってこっちも困り果ててたの、忘れちゃいましたかぁ？　つーか一か月も何やってたんですか。〈新作〉の準備、できているんでしょうね……そろそろマジでまずいですからね」

「あ、ああ。そりゃあもう、もちろん。バッチシ！」

おかしいな。

〈担当〉が替わる、という話はされた。されたし、会う約束もした。けれど、それから一度も会っていない？

でも、言われてみれば打ち合わせとか、そういうものをした覚えがなかった。というか……なんだか、一か月くらい記憶が落丁したように、あやふやだ。

まあ、なんだかよくわからないけれど「その新しい担当さんには悪いことをしたなぁ。新作ぜったい面白いし、見てほしいんだけど、ケーキとか買っていってあげたら許してくれるかなァ〜〜…………」と、十五は思った。

岸辺露伴は、もやもやした気持ちを抱えていた。

十五を救うには、あれしかなかった。

とはいえ、「一か月間の記憶をすべて忘れる」と書きこんだために、彼の私生活に少なからず摩擦が起きたであろうことは確かだ。

……まあ正直、それはいい。べつに露伴がそこまで十五のことを心配してやる義理はないし、なんだかんだで助かったのだから。

露伴が気にしているのは……結局、そういう方法でしか事態を収束できなかったことだ。

十五を〈本〉にすれば、まだ、あの〈袋とじ〉が存在しているであろうことだ。

結局……〈くしゃがら〉については何もわからなかった。

後日、編集部に問い合わせたところ、たしかに志士十五の担当編集は替わったが、十五は一度も打ち合わせに顔を出さなかったそうだ。

この時点でも首をひねったが、もうひとつ。

「出版禁止用語についてのリストを、漫画家に配るような動きがあるのか？」

と聞いたところ、

「まさかァ～～～！　そんなの先生方に渡しませんよ。ちょっとヤバい表現があるなら、原稿をチェックする時点でチョチョッと直してもらえばいいわけですし。あ、でもそういうところを気にしてくれると、編集者としてはたいへん助かるのは事実ですね～～っ」

とのことだった。

……果たして、十五が会った〈新しい担当編集者〉とは、いったい何者だったのか？

禁止用語のリストとはなんだったのか？

……真実は、闇の中である。

ただ、ひとつ〈仮説〉を立ててみた。

あの〈くしゃがら〉という言葉…………意味など、そもそもないのではないか。

人の好奇心を刺激し、病原菌や寄生虫のように〈伝播（でんぱ）〉していくこと。それ自体が目的であり……あれは一種の〈繁殖〉なのではないか。

そう思うと、露伴の背筋（せすじ）にうすら寒いものが走った。

「ああ、いらっしゃいませ」

そう声をかけられて、露伴は思考の世界から現実に意識を浮上させた。目の前には、十五に絡まれていた店主がいる。

露伴は、先日訪れた古本屋に、もう一度足を運んでいたのだ。

「お客さん、こないだも店にいらしてましたよね。ほら、あの、なんか怖い感じだった別のお客さんを止めてくれた……そうでしょ？」

「…………」

「いやぁ……あのときは驚きましたけどね。私もなんだか、あれだけ必死になられると気になっちゃって。調べてたんですよ……でもやっぱりないんですよね、〈くしゃがら〉なんて単語は。お客さんは知りま――」

喋り終える前に、露伴の〈ヘブンズ・ドアー〉が炸裂する。

〈本〉になって倒れた店主のページをめくれば…………やはり、できていた。

「……小さいし、薄いが……〈袋とじ〉だな、このページは」

露伴は店主に、数日間の出来事をさっぱり忘れるように書き加え、店をあとにした。

カビ臭い店内から太陽の下に出ても、暖かさは伝わってこない。

…………人の口に戸は立てられない、という。

言葉の〈伝播〉は、細菌やウィルスの比ではない。

志士十五は、果たして一か月の間に、どれほどの場所を調べまわったのだろう？　そして、どれほどの人間に〈くしゃがら〉という言葉を聞かせたのだろう？　本や紙に記せない〈くしゃがら〉は、十五の声を借りて、どれだけの場所へ広まっていったのだろう……？

……そもそも、〈くしゃがらの伝播〉のことを思えば、露伴もまた、例外ではないのではないか？　果たして、露伴の内側に〈袋とじ〉はできていないのか？　できているとすれば、露伴が十五のように理性を失わなかったのは、なぜだ。

好奇心よりも仕事を優先した、〈プライド〉が勝ったのか。

それとも、〈ヘブンズ・ドアー〉を使えることが、わけのわからない力に対抗してくれているのか……。

疑問は尽きない。

しかし、これ以上の詮索は危険だと思った。

これ以上〈好奇心〉を抱いてはならない。

考えてみれば、それは簡単な予防法だ。けれど、人間にとって、それを実行することは言葉で言うよりもはるかに難しい。

今まで〈好奇心〉に任せて行動し、痛い目にあった経験が、露伴も皆無ではない。

もし、そういった経験を経ないまま、十五よりも先に〈くしゃがら〉に出遭っていたら……そう考えると、背筋の寒気がおさまらないのだ。

……実は、ここまで語られてきた内容にはひとつ〈嘘〉が混じっている。

それは、露伴や十五が出会った奇妙な単語は、〈くしゃがら〉なんてものではなかった、ということだ。

そう、あの〈危険な単語〉は、そもそも使用できないのだ。

この場に記すことすら、できなかったということだ。

だから、この奇妙な事件の記録を読むだけなら、安全である。

ただし………もし今後、〈意味がわからない奇妙な単語〉を耳にしてしまったとき。

それを安易に調べようという好奇心がわいてきてしまうことは、しかたがないと思う。

けれど、十分に注意してほしい。

〈好奇心は猫を殺す〉という言葉がある。

岸辺露伴のような精神力と経験、そして〈ヘブンズ・ドアー〉があれば、立ち向かう手段はあるのかもしれない。しかし、多くの人間は、奇妙な出来事への免疫(めんえき)がないものだ。

あなたが死んだ猫にならない保証は、どこにも存在していない。

Blackstar.

吉上 亮

1

岸辺露伴(きしべろはん)はカフェにいる。

晴れ渡る空の下、屋外のテラス席には、丸テーブルとスチール製の椅子、開かれたパラソルが並んでおり、それぞれのかたちをした影が地面に落ちている。

卓上には色が溢(あふ)れている。一輪挿しの花瓶の白磁。活けられた薔薇(ばら)の鮮やかな橙色(だいだいいろ)。棘(とげ)を纏(まと)った茎のしっとりとした暗緑。黒と赤のちょうど間の色をしたアイスコーヒーに氷が解け、グラスは表面にきらきらと汗をかいている。

透明で力強い初夏の日差しが際立(きわだ)たせる風景(ランドスケープ)の美。

そこで今、露伴はスケッチブックに何の意味もない描線を書いている。

「――ちょうどさ。お祖母(ばあ)ちゃん家(ち)に泊まった夜、布団(ふとん)に入って古い天井のシミをじっと見てると、次第にシミのかたまりが人の顔に見えてくることってあっただろう?」

露伴は、相手に返答を求めない。

休日の午前。お決まりの席に露伴はひとりの来訪者と向き合っている。

来訪者。白い肌と碧い瞳の男。ＮＦＬのプロ選手を思わす屈強な体軀をしており、はちきれんばかりの筋肉を上等そうなスーツで覆っていた。瘦身でぴたっとしたラインの服を好む露伴とまったく対照的な容姿だ。

男は、表情ひとつ変えず、露伴が描き出す無作為の線を見つめ続けている。適当に筆を滑らせているだけの線が、実は何かを描き出しつつあるとでもいうかのように。

事実、その描線は、ひとつのかたちを獲得しつつあった。

クリーム地の紙色に幾重にも奔るうっすらと青みを帯びたインクの描線。伸びやかに弧を描く線が輪郭を。飛び散った滲みがその瞳を。跳ね上げられた線の終点が薄ら笑いを浮かべる口を。意味のなかったはずのすべての線が意味を帯びていく。

そして出来上がったのは、ひとりの人間の顔だ。

まるでそれは一枚の肖像画だ。露伴は人の顔を描いたつもりはない。ただの線。ただの点。その組み合わせ。

しかし、そこには、たしかにひとりの男の顔が描出されている。

露伴はペンを置き、少し薄まったアイスコーヒーを口に含んだ。

「認知心理学の話なんだが、人間は、点や線が不規則なパターンで並んでいると、そこに意味ある何かを見出してしまう心理傾向を持つそうだぜ」

ゲシュタルト心理学は、それを〈プレグナンツの法則〉と呼んだ。ちなみに心霊写真の正体は、ほとんどこの法則で説明がつくとされている。

「要するに、人間は、見えないものを見えると錯覚してしまう動物なんだ。だからぼくは漫画を描くとき、ちゃんとこの線に意味はあるのかって、いつも自問する。ぼくら漫画家は無意味なものを描いてはいけない。なぜなら、意味のないものにはリアリティがない」

「なるほど。非常に勉強になります」来訪者の男は重々しく頷く。「ですが、すべての場合にその法則が当てはまるわけではないと私は考えます」

「へえ」

予想外の反論に、露伴はカップを置き、ジロリと相手を見た。

露伴の眼光は鋭い。ともすると、それだけで相手が萎縮（いしゅく）してしまうことも珍しくないが、来訪者の男は、ふてぶてしいとさえ言えるほど動揺ひとつせず、静かな調子で答えた。

「人間は、ときに見るべきでないものを見てしまう。そういうこともあります」

「……君、オカルト誌の編集者だっけ？」

「いえ、先ほどご説明させていただいたとおり、私は代理人（エージェント）です。あなたに仕事の依頼をしたくこうして伺った次第です」

来訪者は、ニコリともせず返答した。

露伴はテーブルに視線を落とす。置かれた名刺の名前を読み上げる。

「エージェント・ガブリエル」

「はい(イエス)」と来訪者ガブリエル。「お会いできて光栄です。岸辺露伴先生」

指先で名刺の縁(ふち)をなぞる。厚みのある紙の感触。そして露伴はテーブルを指先で、トンと叩(たた)いた。あたかもそれが何かの合図であるかのように。

「オーケー。雑談は終わりだ。そろそろ仕事の話をしよう」

アメリカにある財団の代理人を名乗るこの男が露伴に仕事を依頼してきたのは、ちょうど一週間前のことだ。

露伴は一六歳でデビュー以来、週刊少年ジャンプを中心に作品を発表してきた。世界各国に翻訳された作品もあり、海外からの依頼も珍しくないが、ガブリエルの依頼内容は、少々変わっていた。

「たった一枚の肖像画」

露伴は、人差し指をピンと立てる。

「その作成を依頼するために、わざわざ海の向こうアメリカからやってくるって根性は認めるよ。なかなかいないぜ、そんな奴」

「ありがとうございます」

「べつに褒(ほ)めてないんだけどな」

「申しわけありません」

ガブリエルは深々と頭を下げた。どうにも調子が狂う相手だった。依頼内容からその行動に至るまで、どう考えても怪しいが、危険な感じは伝わってこない。むしろ分厚い岩が聳えているようなイメージ。ここに彼がいることで自分が何かの脅威から守られているかのような安心感さえ覚える。妙な男だ。露伴はガブリエルをそう評した。

「謝るなよ。……だが、わかってるのかい？　ぼくは漫画家であって宮廷仕えの絵描きじゃない。油絵もちょっと齧ったことがあるくらいだ」

「その点については、ご心配なさらないでください。私が依頼したい肖像画というのは、正確には、ある人物のスケッチなのです」

「スケッチ、ねえ……」

露伴は胡乱そうにガブリエルを見る。

「たしかにぼくのスケッチ画の精度は、ピカソに比肩する自信はあるけどさ。それにしたって、君が提示した金額は破格すぎないか？」

「決して高い金額ではありません。お望みなら、報酬額を倍にしてもかまいません」

「おい、おい」露伴は手を振り、ガブリエルの話を遮る。「ぼくが言ってるのは、もっと金を寄越せって話じゃあない。たった一枚のスケッチのために五〇万ドルを支払うっていうのはあり得ないって話だ。――オタク、どう考えても怪しいぜ」

「我が財団は、あなたが描くスケッチにまさしくその価値があると判断しています」

ガブリエルの言葉には媚びがなく、そして衒いもない。

「なぜなら、世界でたったひとり、あなたにしか、〈スパゲッティ・マン〉の肖像画を描くことはできない」

その言葉に、露伴はニヤリと笑みを浮かべる。

煽てられて嬉しいからではなかった。それはただの事実であって、露伴からすれば当たり前のことなのだから。

重要なのは、ガブリエルが、〈スパゲッティ・マン〉の名を口にしたことだ。

この聞き慣れない奇妙な名前は、しかしここ最近遭遇したある怪異を経て、露伴にとって忘れ難いものになっている。

そう、二度と忘れるものか。あのとてつもなく奇妙な男のことを。

「エージェント・ガブリエル。君は、もっとも完璧なタイミングで、ぼくに仕事の依頼をしたぜ。次に何か描くなら、〈スパゲッティ・マン〉にするって決めていた」

「――では」

「この仕事、引き受けてもいい」

露伴は足下の鞄に手を伸ばす。パチンと留め金を外すと、中から細長い物体を取り出しテーブルの上に置いた。

それは形容し難い異様なかたちに捻れた金属製の棒だった。

「これはもともと、ぼくが愛用していたペンだ。今じゃあこのとおり、まるでスパゲッティみたいなかたちに変形しちまっているが」

変形したペンを手にした瞬間、鉄面皮（てつめんぴ）たるガブリエルの目つきが変わった。

「これは……、本物ですね」

「当たり前だろ」

露伴はガブリエルからペンの残骸（ざんがい）を取り上げ、その先端で、スケッチブックの落書きを指す。ランダムのなかに浮かび上がる男の顔を、露伴とガブリエルは見下ろす。

「〈スパゲッティ・マン〉は実在する。だから、ぼくのペンはこうなった」

露伴は、さらに鞄から大量の写真の束（たば）を取り出し、テーブルにぶちまける。

「ここにあるすべての写真に、同じ男が写っているだろ？」

その顔は、スケッチブックに描かれた顔とそっくりだ。

「遭遇したんですね、あなたは」

露伴は頷くかわりに、こう言った。

「都市伝説〈スパゲッティ・マン〉。——つい最近、ぼくは、その唯一の生還者になった」

2

そう、あれは連載にひと区切りがつき、次の長期連載を前に、いくつか読み切りを描こうと思っていた時期の出来事だ。

　このとき、ぼくはある都市伝説について取材をしていた。

〈スパゲッティ・マン〉――ネットを中心に語られ、世界中、国や地域に関係なく、同じ姿で目撃されている謎の男にまつわる都市伝説だ。当初、ぼくはこの都市伝説のことを知らなかった。あまりネットを熱心に漁るタイプでもないからだ。

　しかし、ある日を境にぼくは、この都市伝説にのめりこむようになった。

　始まりは、撮り溜めた資料写真を整理していたときのことだった。

　次の仕事に向けて気持ちを切り替えていくために自分自身を調律する。そういうとき、資料用に撮ってきた写真を整理するのがけっこう役に立つ。

　ぼくにとって写真は、趣味というより仕事の延長だ。けれど、資料用に撮影するから写真の枚数は膨大になる。仕事部屋の一角に置いた長机を、写真でいっぱいにして、気になったものを片っ端から抜き取っていく。そこから新作のとっかかりになりそうなネタを構築していくのだ。

　まさにそんなときだ。

　ぼくが、写真に写りこんだ謎の男に気づいたのは。

　それは杜王町の風景を撮った写真だ。ぼくが暮らしているこの町は、独特の雰囲気があり、画になる場所が多い。だから自然とシャッターを切る回数も増える。

写真は、街中心部の大通りを捉えていた。時刻は午後の昼下がり。地元住人と観光客が行き交っており、街の賑やかさを表すのにぴったりのショット。

何の変哲もない写真が気になったのは、画面の奥にある違和感が潜んでいたからだ。交差点を進む人混み。横断歩道を渡る通行人の横顔の群れ。そのなかでひとりだけ正面を向いている男がいる。男は人の流れを無視してこちらを向いているように見える。よれよれのスーツに、くしゃくしゃの帽子を被った男。ぼさぼさの眉毛とぎょろっとした大きな目。半開きの口はうっすらと笑いを浮かべている。全体的な顔つきは、俳優のベニチオ・デル・トロを崩した感じがしないでもない。

男は、こちらを見ている。そうとしか言いようのない不自然さがある。

興味がわいた。こいつは変だぞ、という直感があった。

すぐにこの写真の画像データを参照し、焦点の位置を男に移した。

デジタルカメラの利点のひとつは、撮影データを画面内の事物すべてに、あとで焦点を変更可能な状態で保存していることだ。画像編集ソフトさえあれば、同じ写真でも、焦点を変えて再出力できる。

そして印刷された写真を見て確信した。

間違いない。男の眼差しは、たしかに写真の撮影者を――つまりぼくを捉えている。

だが、これだけなら偶然と片づけることもできるだろう。たまたま、こちらを向いていただけかもしれないからだ。

しかし他の写真を整理していくと、すぐに疑念は確信に変わった。

これ以外にも大量に同じ男が写っている写真が見つかったのだ。

全部で三〇枚をゆうに超えていた。それだけの数の写真に、まるで複製したかのように、まったく同じ姿の男が写りこんでいる。

すべての写真で男は正面を向いており、同じくたびれたスーツと帽子に、薄笑いを浮かべていた。

期間は数年単位に及んでいる。場所もバラバラだ。杜王町だけではない。打ち合わせで出向いた東京の街中。取材で行った山奥の村。あるいは遠く離れたトスカーナの畦道(あぜみち)。

そのすべてに同じ男が写っていた。

ぞわっとした。偶然とは到底(とうてい)思えない。どういう理由かわからないが、この男は、ぼくが出向いた先ことごとくにいたのだ。

こいつは何だ。ぼくのストーカーか？

しかしどうやら、こいつは、そういう輩(やから)ではなさそうだ。

たしかにこちらを見ているが、相手を覗き見している興奮とかそういうゲスい表情ひとつせず、ただ微笑(ほほえ)みかけているだけ。

時期も場所もバラバラで、杜王町内だけでなく海外で撮った写真にまで写っている。いくら熱狂的なストーカー野郎だとしても、そこまでついてくる奴はまずいない。

だとすればこいつは何か目的があって、ぼくを見ていたのだろうか。

いずれにせよ気味が悪いのは事実だ。

何もしてこないのが、これまた不気味だったし、これからも何もしてこない保証はない。

しかし、ぼくは、恐怖とは縁遠かった。

わけのわからない、、、、、ものなんて、むしろ大歓迎だ。

そういうものほど、新しい漫画のネタにピッタリだ。

まずは、こいつを調べてみよう。

写真に写る謎の男の正体を探る作家の話——ストーリーの導入が頭に浮かんだ。

「いいじゃあないか。ぼくはおまえに興味がわいてきたぜ」

そう写真に写る男に向かって呟いた。

このとき、ぼくは後に起こるとんでもない事態を何ひとつ想像しちゃあいなかった。

3

〈スパゲッティ・マン〉の話をしよう。
謎の男——〈スパゲッティ・マン〉は、どんなときもどんな場所でも同じ格好(かっこう)をしている。ネット上には多数の目撃例が報告されており、この都市伝説について言及した投稿記事もかなりの数が存在する。

　しかし興味本位で調べることをオススメはしない。なぜなら、この都市伝説が人口に膾(かい)炙(しゃ)したのには、ある不気味な理由があるからだ。それは〈スパゲッティ・マン〉と遭遇したとされる人間は全員行方不明になっているという事実だ。

　この都市伝説の起源を遡(さかのぼ)ると、「三名の遭遇者」に辿り着く。

　彼らは、都市伝説〈スパゲッティ・マン〉が生まれたキッカケと言えるだろう。

　まず、第一の遭遇者について話をしよう。仮に、彼の名をチャールズと呼ぶ。アメリカ人。職業は複数の新聞社と契約を結び、ネットで自身のニュースサイトも運営しているフリージャーナリストだった。

　そんな彼が、後に〈スパゲッティ・マン〉と呼ばれる謎の男の存在に気づいたのは、ある取材記事のレイアウトをしていたときだ。

　その写真は、廃墟化した地方都市を撮影したもので、画面内には崩れた建物しか写っていないはずだったが、現像した写真には妙な男が写りこんでいた。その男は写真の真ん中、砂利(じゃり)の地面のうえにぽつんと立っていた。

　よれよれのスーツとくしゃくしゃの帽子、太い眉毛と口もとに浮かべた薄笑い。

　チャールズが記事に使う写真はすべて自前のものだった。撮影当時、他に人間はいなかったと記憶していた。記者であるチャールズは記憶力には自信があった。しかし写真に男は写っている。事実は事実だ。たまたま浮浪者が写りこんでしまったのかもしれない。チャールズは疑問に思いつつも、廃墟都市を撮影した別の写真を確認した。

そのすべてに男の姿が写っていた。

おかしい。こんな男を自分は見た記憶はない。チャールズは、すぐに、この写真に関する記事を自身のニュースサイトに投稿した。彼はユーザーに呼びかけ、この男の正体を突き止めたいと訴えた。

この謎めいた記事は彼のサイトで最も閲覧数を稼ぐことになったが、その続報が更新されることは結局なかった。

チャールズがこの記事の投稿から間もなく行方不明になったからだ。

彼の失踪以来、謎の男に関する投稿が、ネットに次々にアップされるようになる。

チャールズが残した画像と彼の失踪が、世界中のユーザーの好奇心を刺激したのだ。

その大半は、投稿者の創作や合成写真ばかりだった。やがて、そもそも最初の写真も合成写真ではないかと疑われるようになった。

そんなときだ。次の遭遇者が現われたのは。

今度は日本だ。名前は仮にカナコとしよう。彼女は当時大学生で、趣味の自撮り写真を頻繁にＳＮＳに投稿していた。彼女の容姿は人並みだったが写真の撮り方が上手く、投稿のたびに多数のコメントがついていた。しかしあるとき急に彼女の投稿が途絶えた。

不思議に思った友人が彼女に尋ねると、カナコは、変な男が段々と近づいてくるの、と顔を真っ青にしながら訴えたそうだ。

カナコは、男が写りこんだ画像をすぐに処分したという。彼女が住んでいた学生寮の中庭で撮影したもので、見ず知らずの他人が写りこむことはまずありえない。しかし、そこに男が写っていた。その姿は、チャールズの画像とまったく同じだった。

しかし彼女の場合は、さらに先があった。

彼女は恐怖に怯（おび）え、一枚も写真を撮らなくなったが、その直後から周囲で頻繁に謎の男の姿を目撃するようになったのだ。

最初は、視界の隅っこ、遠く離れた位置にいる男の姿にふとした拍子に気づく。それが段々と日が経（た）つにつれ、その距離が縮まっていった。やがてカナコは外出を拒否するようになった。何かの拍子に男に襲われるかもしれないという恐怖に苛（さいな）まれていった。

そしてある日の深夜のことだった。カナコはふいに眼を覚ました。普段よりも外の月の明かりが強く部屋に差しこんできていた。カーテンをきちんと閉めようと窓に近づいたとき、彼女は思わず息を呑んだ。謎の男が窓ガラス越しに微笑んでいた。

ついに男は彼女の部屋のベランダにまで現れたのだ。相部屋の友人は、彼女の激しい叫びに叩き起こされ、激しく怯えるカナコのために救急車が呼ばれるほどの大騒ぎになった。

不法侵入の痕跡（こんせき）は何ひとつ見つからなかったが、彼女の憔悴（しょうすい）ぶりがあまりにひどいので、友人たちは、警察に相談したほうがいいとアドバイスした。

しかし当の警察は、実害がない以上、対処のしようがないと反応は消極的だったようだ。カナコ以外、周りの人間が誰も男の姿を目撃していないせいもあり、一種の幻覚を見ていたのではないかと彼女に精神科への通院を勧めた。

その後、カナコが医者に罹（かか）ることは結局なかった。

警察への相談から数日後、これ以上は寮にいられないと判断したカナコが、実家に戻ろうとした矢先のことだった。寮を出てすぐの路上で、トランクケースを残し、彼女は忽然（こつぜん）と姿を消した。以来、家族の懸命な捜索も虚（むな）しく、居場所の手がかりひとつ見つかっていない。

これを境に、ネットユーザーたちの、謎の男に対する印象が変わった。

この謎の男は、単なる正体不明の人物ではなく、何らかの思惑（おもわく）をもって近づき、そして出逢った相手をどこかに連れ去る危険な存在なのかもしれない、と。

それが決定的になるのは、第三の遭遇者のエピソードだ。

仮の名前を、チャンとしよう。彼は中国上海（シャンハイ）在住の大学生だった。ＳＮＳやニュースサイトを監視し、反体制的な投稿を検閲するアルバイトをしていた。チャン自身はべつに愛国心があるわけではなかった。そのほうが結果的にネットにアクセスしやすく面白（おもしろ）い情報が見られるからだ。

謎の男は、そんな彼の好奇心を刺激する恰好(かっこう)のネタだった。

チャンは多くの情報にアクセスできる立場を利用し、謎の男の真相究明のため熱心に活動するコアユーザーだった。一時期、かなりの情報がチャンの元に集まったという。

彼は情報の取捨選択に長(た)けており、その真偽を判別するフィルターの役割を果たした。

〈スパゲッティ・マン〉に関する情報が整理されたのは、彼の功績が大きい。

チャンは、前二件の「遭遇者」について、全世界のユーザーに呼びかけ、徹底調査を行うフォーラムの旗頭(はたがしら)となった。そもそも彼らは実在の人物なのか、という点からスタートし、最終的に彼らが謎の男と遭遇し行方不明になるまでの足取りを丹念にリサーチした。

その最たる成果は、遭遇者たちの実在を証明したことだ。

本当にチャールズもカナコも行方不明になっていたのだ。

さらにこの時期、スパゲッティのように細く引き伸ばされた奇妙な遺留物が、遭遇者たちの失踪現場から発見された。

遺留品はもともと、スマートフォンや仕事道具の万年筆、リップスティックなどの化粧道具であったようだ。しかし、どれも、いかなる加工手段を使ったのか、ありえないほど細く長く引き伸ばされ、そして異様なほどに捻れていた。まるでスパゲッティのように。

そう、〈スパゲッティ・マン〉という通称が生まれたのも、この時期からだ。チャンはその名づけ親と言ってもいい。

彼は冗談半分に、仲間のユーザーたちに、誰か俺にこのスパゲッティを送ってくれたら茹(ゆ)でて食べる動画をアップする、と呼びかけた。

しかし、チャンが、これらの遺留品を手にすることはなかった。

この発言から前後して、チャンはネット上の調査フォーラムに顔を出さなくなったのだ。

あとになって判明したことだが、チャンは検閲のアルバイトをクビになり、自由にネットへアクセスできなくなっていた。その原因は国内ＳＮＳに妄想とも取れる大量の投稿をしていたせいだった。

チャンは、謎の男が自分のもとにも現れるようになった、と必死に訴えていた。

《奴はひとりじゃないんだ！　日に日に、謎の男が増えていく！　どこに行っても彼がいる！　オレはいつも彼らに監視されてるんだ！　ああクソ、おまえたちは何者なんだ⁉　そうか！　謎の男は政府の秘密機関の手先なんだ！　オレを拘束(こうそく)しようとしているんだ！》

《助けてください。ごめんなさい。僕は何も悪いことはしていません。ただ男の正体を調べていただけなんです。お願いです。助けてください》

そして必死に助けを求める投稿を最後に、チャンも行方不明になった。

失踪現場となった集合住宅の一室は、室内のあらゆるものが破壊されたかのように滅茶(めちゃ)苦茶(くちゃ)になっていたそうだ。もちろんそこには、電子機器類が変形したらしき、細長く、そして捻れた遺留品が大量に残されていた。だが、付近の住人はチャンが誰かと言い争っていた様子はないと証言し、また血痕などは一切見つからなかった。チャンだけが、忽然と姿を消してしまったのだ。

以来、〈スパゲッティ・マン〉は、その冗談めいた名前とは裏腹に、ときに語ることを憚られる不気味な都市伝説として流布していった。

目撃例は、その後も継続的に報告された。

稀に遭遇者も現れたが、彼らはことごとく、投稿を途中で止めてしまう。

これ以上関わると危ないと思い逃げ出したのか、あるいは、〈スパゲッティ・マン〉と遭遇し行方不明になってしまったのか……。

いつしか、〈スパゲッティ・マン〉の正体を調べてはならない――という暗黙の了解がネットユーザーの間で共有されるようになっていった。

……ここまで調べ、ぼくは少し考えた。

どうやら、予想以上に厄介なヤツかもしれない。

ぼくは、基本的にはリアリストだ。

漫画家という職業柄、目の前でどんな不思議な現象が起こったとしても、それがどういう仕組みなのかを解き明かし、常に理解しようとする性分だ。

かといって、この世に条理を超えた怪異というべきものが存在することを一切信じていないかといえば、そうではない。

　ぼくが暮らす杜王町には、実際に幽霊がいた路地裏が存在していたし、これまで取材を重ねるなかで、妖怪や怪異としか言いようのない不気味な相手や出来事に遭遇したことも二度三度ではない。

　そこで培(つちか)った嗅覚からすれば、〈スパゲッティ・マン〉には、十中八九、何かある。

　そうぼくが判断したときだった。机に置いておいた携帯に着信が入ったのは。

　誰だろう。自分の番号は担当編集など最低限の相手にしか教えていないし、そもそも仕事時間と決めている日中に、事前の連絡もなしに電話をかけてくる非常識な奴などいないはずだが……。

〈非通知設定〉――ディスプレイには、そう表示されている。

　イタズラ電話か。どこかで番号が流出したのかもしれない。〈スパゲッティ・マン〉の調査に水を差された気がして苛立(いらだ)った。携帯をソファに投げ捨てた。

　しかしいつまでも着信音が止まらなかった。たっぷり三分は過ぎたはずなのに、相手は辛抱強くこちらが通話に応じるのを待っているようだった。いい加減、罵倒(ばとう)のひとつでもしてやろうと携帯を引(ひ)っ摑(つか)み、通話アイコンをタップした。

「おい、君。どこの誰だか知らないけどな――」

「いま、どこにいますか？」

相手は、ぼくを無視し一方的にそう言った。聞き覚えのない声。やはりイタズラ電話だろう。しかしやけに落ち着いた声だ。まるで機械で合成されたような平坦な声色だった。そして直後にプツッと通話が途切れた。返答を待たず、一方的に通話を終了したのだ。

「なんだよ、まったく……」

面食らいつつ、ぼくはとりあえず着信拒否に設定して、携帯を仕舞った。

今思えば、これは警告のようなものだったのだ。あるいは、これから襲いかかってくる脅威を予告する兆し。

再びこの電話に応じたとき、ぼくはのっぴきならない状況に追いこまれることになる。

4

写真に写る謎の男について本格的に調査するため、ぼくは次の長期連載の取材期間として空けていた長期休暇を利用することにした。

まず第二の遭遇者であるカナコの失踪現場に赴き、実地調査をした。

といっても、結論を先に言えば、あまり有益な情報は得られなかった。

当時、東京の女子大に通っていたカナコと同室だった女性や、その友人たちもすでに大学を卒業しており、全国各地に散らばっていた。さらに件の学生寮も大学の経費削減のために民間業者に払い下げられ、現在は更地になっていた。

大学側にも取材してみたが、学生寮でメンタルのトラブルを起こす学生は、そう珍しいものではないらしく、〈スパゲッティ・マン〉に遭遇したカナコも、そうしたストレスで精神を病んだうちのひとりとして記憶されている程度だった。

失踪したのは、学生寮を出てすぐの十字路だ。大通りから一本入ったところにある何の変哲もない小さな路地裏で、周りには一軒家とアパートが建ち並んでいる。見通しはよく、白昼堂々、誰にも見られずに女性を誘拐するのは、かなり難しそうだった。

ぼくは、ネットオークションで落札した彼女の遺留品――その描写は実に難しい。なにしろ本当に形容しがたい捻れ方をしているのだ――を手に、付近を聞いて回った。

ほんの数年前のことでも、このあたりは学生も多く人の出入りが多いのか、当時のことを覚えている人間は少なかった。失踪直前の彼女を目撃したという老婦人を見つけたときも、最初はすっかり忘れており、ぼくが手にしていたカナコの遺留品を見てようやく思い出したくらいだった。

その日、老婦人は家の庭で園芸の手入れをしていた。そのとき、若い女性の悲鳴が聞こえた。「テメエ！」とか、「ざっけんじゃあねえぞ！」とか、女性にしてはかなり荒れた言葉遣いだったので、ぎょっとして外に出た。すると、トランクケースを持った若い女性が十字路のところで叫んでいた。

若い女性（カナコ）は誰もいない路地に向かって怒鳴り続けているようだった。何か幻覚でも見ているのかもしれない。その激しい口調に気圧され、老婦人はすぐに自宅に引き上げようとした。変に見つかり難癖をつけられては困るからだ。

老婦人は、自宅の庭に戻った。ますます若い女性の叫び声が大きくなっていく。

そしてふいに静寂が訪れた。散々に怒鳴り散らし、女性も限界を迎えたのだろうか。しかしあまりにも急激に静かになったので、心配になり再び様子を見に外に出た。

すでに若い女性の姿はなかった。彼女が持っていたであろうトランクケースが、地面に激しく叩きつけられたのかバラバラになっており、中身がそこらじゅうに散らばっていた。

何か犯罪に巻きこまれたのかもしれない。老婦人は恐る恐る十字路に近づいていったが、女性はどこを探しても見つからなかった。

老婦人は、ぼくから受け取った遺留品をしげしげと見ながら、そう話をした。

どうやらこの遺留品はもともと、トランクケースのパーツらしい。老婦人の通報に応じて駆けつけた警察が保管していたが、なんらかの理由で好事家の手にわたったものだった。

当時、この失踪はちょっとした騒動になったらしく、しばらくは警察官が付近一帯を巡回したが、結局、女性が見つかることはなかった。いつしか住人たちも、この奇妙な失踪者のことを忘れてしまった。

彼女はいったい誰に向かって叫んでいたのだろうか？

ぼくは十字路に立ちながら、考える。

無論、相手は謎の男——すなわち、〈スパゲッティ・マン〉だろう。

だが、老婦人もカナコの友人たちも、誰ひとりとして男の姿を目撃していない。

カナコは何らかの理由で精神を病み、幻覚を見ていたのかもしれない。そのほうがずっと合理的な答えだ。しかし、そうなるとなぜ写真に男の姿が写っていたのか説明がつかない。最初の遭遇者であるチャールズが投稿した写真然り、そこにはたしかに謎の男の姿が捉えられているのだ。だとすれば、謎の男を実際に目撃する（あるいは遭遇する）には、何か条件があるのかもしれない。

ぼくは、失踪現場で写真を撮り、その場で確認する。

見晴らしのいい十字路には誰もない。

しかし画像を確認すると、そこには、やはり〈スパゲッティ・マン〉が写りこんでいた。十字路に立つ電柱の傍で佇み、微笑みを浮かべている。

実際にその位置を見ても誰もいない。ただそこに電柱があるだけだった。実際に調べてみたが誰かが潜んでいた痕跡すらもまったく見当たらなかった。

この写真に写る男は、もしかすると本当に幻覚なのだろうか。そう思いながら、ぼくは踵を返して十字路を去ろうとしたが、そのときふいに視界の隅を男の姿が過ぎった。

はっとして、ぼくはその方向を振り返る。

誰もいない。

しかし間違いなかった。よれよれのスーツにくしゃくしゃの帽子。そして薄笑いを浮かべた太い眉にぎょろっとした大きな目。あれは〈スパゲッティ・マン〉だった。

再び携帯電話が鳴った。

画面には、〈非通知設定〉と表示されていた。いつまでも通話に応じず無視しているとやがて着信は止んだ。

いつまでも背後に、誰かの視線を感じていた。


〈スパゲッティ・マン〉を実際に目撃し、彼と遭遇してしまう条件は何だろう？

その後、国内の幾つかで確認されている失踪現場を見て回った帰路、電車のなかでぼくはそのことばかり考えていた。

失踪現場を調べた日を境に、〈スパゲッティ・マン〉を実際に目撃するようになっていた。

ふとした拍子に、視界のどこかに男の姿が現れる。撮影する写真にも。その数は増加の一途を辿っている。そして心なしか、以前に比べて、〈スパゲッティ・マン〉の姿が大きく写りこむようになっていた。

あたかも、こちらに段々と近づいてきているかのように。

都市伝説のとおりなら、ぼくは徐々に「遭遇者」になりつつあるのかもしれない。

あれから他の遭遇者についても調べた。明確に失踪がカウントされているのは、先の三名だけだが、それ以外にも行方不明になっている人間は、相当数いるようだった。

そして、不吉なことに、行方不明になった者たちと多少の違いはあれど、ぼくがいま置かれている状況はかなり似ていた。

失踪者は全員、〈スパゲッティ・マン〉を実際に目撃したと証言している。

ネットユーザーたちは、その証言を疑い、信憑性はないと判断していた。写真と違い、実際に目撃したことを証明することはできないからだ。

とはいえ、ぼくは実際に見ているのだ。

遭遇者たちの失踪時期は、実際の目撃情報を報告するようになってから最短で数日、長くてもひと月以内に失踪している。

自分の失踪も、もう時間の問題なのだろうか？

ぼくの場合、失踪現場で〈スパゲッティ・マン〉を目撃し始めてからおよそ一週間が経過している。現時点では、まだ男は何も行動を起こしていないが、それがいつ実行されるかわからない。

取材期間として空けておいた休暇は、もうすぐ終わる。

しかし問題なく次の作品の執筆に取りかかれるかどうかは微妙だった。謎の男の姿が視界をちらつくおかげで集中は途切れがちで仕事にならないからだ。

ぼくは、〈スパゲッティ・マン〉が写りこんだ写真を眺める。

あくまで〈スパゲッティ・マン〉は、ぼくを静かに見つめ続けている。不気味な薄ら笑いを浮かべながら。

なぜ、ぼくにはこいつが視えるのだろう？

遭遇者たちにはどうして、こいつの姿が視えていたのだろう？

さらに調査を進めると、最初の遭遇者であるチャールズに関して、少し奇妙な記述を見つけた。彼はフリージャーナリストの職に就いていたが、もともとは自分が撮影した心霊写真や、自身の体験談を投稿するサイトを運営していたらしい。チャールズは、いわゆる視えるタイプの人間であったようなのだ。

そして、これと似たような視えるタイプの人間というのが、他の遭遇者の中にも少なからず存在していた。

幽霊が、天使や悪魔が、あるいは怪物が視える——そう主張する人間は珍しくない。

心霊現象の体験談の多くがそうであるように、ひとは一度疑心暗鬼になり始めると、あらゆる場所に怪異の痕跡を視てしまう。単なる物音が、何かがそこにいるように聞こえ、カーテンの皺に亡霊の顔が宿っているように見えるのも結局のところは錯覚だ。

ぼく自身も、本当は次作の構想がまとまらないというストレスに晒され、たまたま調べていた都市伝説の情報に呑まれ、幻覚を視るようになっただけかもしれない。

だが、この視える人間、というキーワードは頭の隅に留めておくことにした。〈スパゲッティ・マン〉が実在しようが幻覚であろうが、自分でどうにかするしかないからだ。視えない他の誰かには対処のしようがない問題だ。

どこまでも、今回の件はひとりで対処しなければならない。

では、どうするべきか、

〈スパゲッティ・マン〉が怪異か、あるいは、そうでなくとも異常な人物や集団だとすれば、現実的な対処をするのは当然だ。何らかの手段によって行方不明にされる前に、どこかに逃亡すべきだろう。実際、遭遇者の一部には、〈スパゲッティ・マン〉の追跡を逃れるため、自らその足取りを断った者もいるようだった。

〈スパゲッティ・マン〉に関する情報を遮断し、完全に距離を置くこと。

相手が近づいてくるなら、そのぶんだけ遠ざかる。危険を回避する。

当然の対策だ。

そして普通なら、そうすべきだ。

しかし、ぼくは漫画家だ。

作品を描くために必要なのは、いつだって特別な体験だ。それは往々にして、普通ではない異常なこと、とも言い換えられる。

そう考えれば、現在の状況は、作品のネタが、むしろ向こうからやってきているようなものだ。ならば避ける理由はなかった。
そもそも、〈スパゲッティ・マン〉から逃れるすべなど、ないかもしれないのだ。

　ぼくはまた別の資料を紐解く。

〈スパゲッティ・マン〉の正体を解き明かすと称し、現在も活発に活動しているネットフォーラムは、遭遇者に逃げ場がない理由を、こう説明する。

　世界各地のギーク、あるいはオタクというべき彼らは、〈スパゲッティ・マン〉のもうひとつの奇妙な特徴である、あらゆる場所と時代において同じ姿で目撃されている理由について、ある仮説を立てていた。

　あたかも伝説のサンジェルマン伯爵のように、〈スパゲッティ・マン〉は時空を超えて存在している。その理屈は、〈ワームホール仮説〉によるものだと彼らは主張する。

　フォーラムの住人たち曰く、〈スパゲッティ・マン〉は、ワームホールを介して時空から時空へ旅をすることができる。ワームホールとは、ある時空のそれぞれ別の地点を、その物理的な距離を無視して繋ぐ時空の抜け道のようなものだ。そして、〈スパゲッティ・マン〉はこの抜け穴によってあらゆる場所へ瞬時に移動できる。つまり、〈スパゲッティ・マン〉から逃げようとしても、相手は時間と距離を無視して追跡してくるということだ。

　さらに遭遇者の逃げ道を封じるような話がある。

第三の遭遇者チャンのことを覚えているだろうか。彼は失踪直前に、複数の〈スパゲッティ・マン〉が迫ってくるとSNSに書きこんでいた。

〈スパゲッティ・マン〉はひとりではない。同じ姿をした男たちである。他の遭遇者も似た証言をしている。どうやら〈スパゲッティ・マン〉は、目をつけた相手が逃げ続ける場合、仲間を呼ぶようなのだ。

そこでフォーラムでは、男の正体は群れであると定義した。

彼らは、標的を見つけると、何らかの手段で、その情報を伝達し合い、あらゆる場所〈時空〉の男たちが集まってくる。その情報伝達手段というのが、ワームホールなのだ。時空と時空を繋ぐ抜け道が情報ネットワークとして機能し、全時空の〈スパゲッティ・マン〉は即座に情報を共有し、同期する。そして一箇所に集まってくる。だから絶対に逃げられない。それはあたかも狩り(ハント)のように、狙われたが最後、無数の猟犬につけ狙われるのだ。

つまり、逃亡は無意味だ。

無論、これらの仮説は荒唐無稽(こうとうむけい)な思考実験(SF)にすぎない。

しかし現実に〈スパゲッティ・マン〉に遭遇した者は誰ひとりとして逃げきれなかった。すなわち、〈スパゲッティ・マン〉はこの仮説に匹敵する何らかの能力を持っていることになるのだ。

正直に言おう。このとき、ぼくは「これが本当なら打つ手なしだな」と思った。相手の能力が強すぎるのだ。射程距離もほぼ無限であり、その数も無数に増える。そんな反則じみた存在が本当にいるとすれば、ぼくがそいつと対峙し、勝利するビジョンはまったく浮かばなかった。

やがて電車が駅に到着した。二週間ぶりの杜王町は変わらず賑やかだった。そして自宅への帰路につく。

ぼくは、携帯電話を取り出し、適当に街の風景を撮影する。

いた。

人混みのなかにいる〈スパゲッティ・マン〉は、もはや画像を拡大するまでもなく顔を識別できるほど距離を縮めてきていた。

何が目的でおまえは人間に近づいてくる?

そう小さく呟いたが、相手が答えるはずもない。

かわりに携帯が鳴った。視界のなかを謎の男の姿が過ぎる。

このときすでに何かの直感、あるいは本能的な予感というものが訪れていた。雨が急に降り出す前に湿っぽい匂いを嗅いだときのような、ああ来るな、という感じだ。

ぼくはすぐに通話アイコンをタップする。

ディスプレイには非通知設定の表示。

けれど、相手が何者であるかは、もうわかっているつもりだった。

「いま、どこにいますか?」

「もうそんな質問をする必要はないだろう?」返事を待たずに通話を切る。そして背後を振り返る。「ぼくは、おまえの目の前にいるぞ」

　ぼくの視界には、はっきりと映っている男の姿かたち。

　謎の男（スパゲッティ・マン）が、すぐそこに立っていた。

　そして遭遇が始まった。

5

〈スパゲッティ・マン〉の姿は、やはり同じだった。

　よれよれのスーツに、くしゃくしゃの帽子。太い眉にぎょろっとした大きな目。正面を向いたまま微動だにせず、その顔に意図の読めない薄ら笑いを浮かべている。

　幻覚ではない。男の足下には、昼下がりの日差しが作る影があり、男の身体にも確かな重量感があった。

　距離は、目算で五〇メートルほどだ。

　ぼくは相手の出方を見ようと必死に観察する。戦うことは生業（なりわい）ではない。しかし戦うことには慣れていた。いま目の前に佇んでいる男のような奇妙な存在、あるいは能力を持つ者たちと戦い、生き残ってきたのだ。そう易々（やすやす）とやられるつもりはない。

ぼくの自宅は、閑静な住宅街の一角にあって、大通りから少し離れている。この並木通りは普段なら近所の住人が犬の散歩をしていたり、ジョギングをしているものだが今は自分たち以外に誰もいなかった。

好都合だった。未知の相手と戦うときに、周りの人間のことなどかまっていられない。

だが、ぼくが戦闘態勢を整えるのとは裏腹に、〈スパゲッティ・マン〉は何も反応を見せず、ただそこに突っ立っているだけだった。

どういうことだ……？

すぐに能力を使い、敵の襲撃に備えようとしていたぼくは、相手の無反応さに面食らう。

男は何もしようとしない。ただそこに立っているだけで、身動きひとつしないのだ。

まるで射的の的（まと）だ。自由に攻撃してくれと言わんばかりの無防備さ。

だが、ぼくはすぐに能力を発動させることを躊躇（ためら）った。

あからさますぎるのだ。相手が罠を仕掛けている可能性を疑う。

スタンド——人間の精神エネルギーが具象化したパワーあるビジョンは、その使い手によって外見もその能力も異なる。

こいつ、スタンド使いか……？

スタンド使い同士の戦いは、いかに自らの能力を隠しつつ、相手の能力の正体を看破できるかによって勝敗が左右される。

ぼくのスタンド〈天国への扉（ヘブンズ・ドアー）〉は、対象となる人間を本に変え、その思考や記憶を読み取る、あるいは書き換えることができる。情報収集に優れたタイプであって、攻撃が得意なわけではない。しかし能力の使い方次第で、どんなに強いパワーを有するスタンド使いにも勝利できると自負している。

問題は射程距離だ。能力を使って、男（スパゲッティ・マン）の正体を暴くには、かなり接近する必要がある。けれど、その途中で、相手の能力の領域（テリトリー）に入ってしまえば、逆に窮地に陥ることになる。敵の能力が未知の状態で無闇に接近するべきではないのだ。

だが、このまま膠着（こうちゃく）状態を続けるわけにはいかなかった。

〈スパゲッティ・マン〉が、真正面から姿を現したのだ。

何か、ぼくに対して行動を起こすつもりであることは間違いない。

その薄笑いの裏側で、何を考えているのか、その思惑を見抜かねばならない。

いっそ、思い切って射程距離まで突っこむべきだろうか。

男の姿が見えるようになってからは、スタンド能力を一度も使わないように用心してきたから、〈スパゲッティ・マン〉は、ぼくの〈天国への扉（ヘブンズ・ドアー）〉に関する情報は持っていないはずだ。その隙を突いて、こちらの能力を発動する。

だが、次の瞬間だった。

ふいにぼくの身体がふわりと浮いた。

そう表現するしかなかった。あまりにも自然で何が起こったのか瞬時に把握することはできず、気づいたときには、ぼくは〈スパゲッティ・マン〉へ引き寄せられていった。

まるで投擲（とうてき）されたボールのようだった。ぼくの身体が、まっすぐに男へと向かっていく。

地面が壁のように目の前に聳え、最初に立っていた位置はすでにはるか彼方にあった。

手足をジタバタさせても無意味だった。あたかも、ぼくの身体は男に向かって落下していくようにぐんぐんと近づいていく。

これはマズい！

頭のなかで赤信号が灯った。何が起こっているのかまるでわからないが、すでに相手の能力が発動している。用心のあまり失策を犯していた。すでに敵の術中に嵌まっていたのだ。男が姿を現した時点で、ぼくは敵の射程に捉えられていた！

「――〈天国への扉（ヘブンズ・ドアー）〉！」

ぼくは、とっさに能力を発動した。しかし、能力を向けるべきは、〈スパゲッティ・マン〉ではない。それはちょうどタイミングよく滑空（かっくう）してきていた烏（からす）の群れだ。

〈天国への扉（ヘブンズ・ドアー）〉は、動物に対してもその能力を発動できる。

「――『岸辺露伴を運んで飛べ！』」

そう書きこまれた瞬間、烏の群れがぼくを受け止めた。

とんでもない荷重に烏たちがガクンと高度を落としたが、ほんの少しでも方向転換ができればそれでよかった。

ぼくは手を伸ばし、鳥たちを解放するとすぐに街路樹の大振りな枝を掴(つか)んだ。ぼくの体重を受けて、太枝が大きく軋(きし)む。しかし幸いにも折れずにすんだ。すぐに枝を伝い、より太い枝の部分へ、そして樹の幹まで辿り着く。どうにか、男がもたらしているだろう異常な力の作用から逃れる。

その間、男は追撃してこなかったが、再び、〈スパゲッティ・マン〉の様子を窺おうと振り向いた瞬間、ぼくはその異様な光景を目撃した。

〈スパゲッティ・マン〉は、相変わらず道の真ん中に突っ立っていたが、どういうわけか周辺の街路樹という街路樹の枝が奇妙なかたちで折れ曲がっていた。すべての枝先は男を目指すように伸びている。地面に生えた草の一本に至るまでその先端を男に向けている。それらはすべて風にそよぐでもなく、ぴたりと見えない透明な糸で引っ張られているかのようにその向きを固定されていた。街路にはいま、あたかも〈スパゲッティ・マン〉を中心にした透明な球体状の空間が形づくられている。

おそらく、と推測を巡らせた。

いまこの周辺空間には、男(スパゲッティ・マン)に向かってすべての物体が引き寄せられる、そんな異常な力が作用している。天地の向きがおかしくなった感じといえばいいのだろうか。それはぼくがいま、街路樹の幹に垂直に立っていることからも明らかだ。うっかり足を踏み外せば、たちどころに、ぼくは男に向かって引き寄せられるだろう。

そう思ったときだった。ぼくの胸ポケットに入っていたペンが一本ぽろりと抜け落ちた。何かの力に引っ張られたかのように。気づいたときにはもう遅く、摑み損ねたペンはそのまま落下し、男へ向かって吸い寄せられていった。

男は、いつのまにかシャツをはだけていた。しかしそこに露出しているのは肌ではなかった。男の胸部、ちょうど心臓がある位置にぽっかり大きな黒い穴が空いているのだ。それはこれまで見たことがないほど真っ黒だった。暗闇を煮詰めに煮詰めたような暗黒だった。

そして、ぎょっとする事態が起きた。

ペンが男のすぐ傍（そば）に達した瞬間、先端から見る見るうちに細く引き伸ばされていったのだ。何か空間が歪（ゆが）んでいるような、その変形のプロセスを観察する間もなく、ペンはさらに細く細く引き伸ばされていき、また同時に奇妙に捻（ねじ）れていった。そして消え去った。

消失の瞬間を目撃することはできなかった。

気づいたときには、ペンは完全に消えていた。

「……なるほど、マジでスパゲッティってことか」

唖然（あぜん）としながら、ぼくはそう呟いた。

遭遇者たちの遺留品が脳裏を過ぎった。スパゲティのように細長く引き伸ばされ、異様なかたちに捻れた残骸。あれはおそらく幸運にも消失を免れたもの。

だが、その持ち主たちはみな引き伸ばされ、そして消失したのだ。

「ぞっとするね……。ぼくもそうなっちまうんだとしたら」

ぼくは男の能力を確かめるために、枝の一本を折り、男に向かって投擲した。すべての物体が男に向かって引き寄せられるのだ。外すはずはなかった。

やはり枝が男のすぐ傍まで迫ったとき、メキメキと引き伸ばされ、やがて捻れて消滅した。金属に比べ脆かったのか、捻れる途中で木っ端微塵になった。

だとすれば、人間も似たようなものだろう。能力を発動中の男のすぐ傍にまで近づいたら最後、どんなものでも呑みこまれてしまうのだ。

あらゆる物体が脱出できないなんて、まるでブラックホールみたいだ――そう思ったとき、男の能力の正体その一端について理解を得た。

そうだ。

この異常な現象を起こしている力は、重力なのだ。

信じがたいことに、男の胸部にぽっかりと空いている黒い穴は、極小のブラックホールのようだった。そして、それが発する重力が周辺空間に作用し、あらゆる物体を引き寄せているのだ。

そう考えれば、遺留品が異常なかたちに変形していたのものの説明がつく。

ブラックホールの周辺には、事象の地平線（イベント・ホライズン）と呼ばれる領域が存在する。物体はブラックホールに呑みこまれる際、ここで潮汐力（ちょうせきりょく）によって先端から細く引き伸ばされていく。

規模は変われど、同じ現象が〈スパゲッティ・マン〉の周囲で発生するとすれば、事実上、対抗する手段は皆無だった。近距離で攻撃を仕掛けようとすればブラックホールに吸いこまれ、遠距離からの攻撃も事象の地平線（イベント・ホライズン）が構成する防御帯によって完全に無効化されてしまう。愕然（がくぜん）とした。これが本当なら、〈スパゲッティ・マン〉は、スタンド能力どころではない、より厄介で悪質な存在だ。

〈スパゲッティ・マン〉に目をつけられたら終わりなのだ。

遭遇した際、どうにかして逃げられる類（たぐい）の敵ではない。

だが、それは予（あらかじ）め示されていたはずだ。

〈スパゲッティ・マン〉の遭遇者はすべて行方不明になっており、誰ひとりとして逃れた者はいない——。

それは尾ひれのついた都市伝説などではなく現然たる事実。揺るぎない現実の出来事だったのだ。

そしてぼくは、その新たな遭遇者であり、失踪者になりつつある。

逃げ場はなかった。いつまでもこうして木の上に立っているわけにもいかない。あれはおそらく、標的を延々と追跡し続けるだろう。いかなる理由かわからない。そもそも男に意思などはないのかもしれない。

自分を見つけた者を自動で感知し、接近してくる。そして自分のなかに引きずりこむ。いわば生ける超常現象、災害そのものというべきだった。

どうすれば男から逃れられる？

ぼくは思考を巡らせる。これまで多くのスタンド使いや、怪異と接触してきたが、いま対峙している相手は、それらにも勝る脅威だった。

唯一、まだマシといえるのが、〈スパゲッティ・マン〉が発する重力は、さほど強力なものではないことだ。

能力の性質に気づけず、至近距離で出会ってしまえば、そこで終わりだ。

だが、相手が何らかの能力を使ってくると警戒していたおかげで、どうにか最初の接触時の危機を脱することはできた。

あの黒点に接触すれば、打つ手はないだろうが、逆に言えば、一定の距離を保っていれば対処できるのではないか？

事実、男が発する重力は一定のまま変化していない。ぼくと男の間に障害物があれば、どうにか呑みこまれずにすむ。その間に策を練るしかない。

しかし、甘かった。

あたり一帯に、メリメリ……メシメシ……ギギギ……と不吉な音が鳴り響き始めた。

「おい、おい……」ぼくは思わず呻いてしまう。「――マジかよ、こいつは」

　街路樹のしなりが急激に大きくなっていく。街灯の支柱が曲がっていく。それらが音の正体だった。ぷつっぷつっと小さな音が立て続けに聞こえ、枝という枝から葉が千切れていく。

　いつのまにか、男の数が増えていた。

　それは質の悪いＣＧ合成の映像を見せられているかのようだった。

〈スパゲッティ・マン〉はふたりに増え、四人に増え、そこからはネズミ算式に男の姿が増加していく。止まらない。続々と餌を見つけて集まってくる蟻の群れのように、まったく同じ姿かたちの男たちが街路に集結しているのだ。

〈スパゲッティ・マン〉は、あらゆる時空に存在し、標的を見つけると続々と集まってくる。誰も逃げられない――妄想と思われていた都市伝説の証言はどれも本当だったのだ。

　そして全員が、真っ黒い空洞を露出させ、黒点がひとつに重なり合う。

　急激に重力が強まり、周囲に存在するあらゆる事物が吸い寄せられていく。地面に敷き詰められている煉瓦のブロックが浮かび上がり男たちへ殺到した。それらは増加した重力によって殺人的ともいえる運動エネルギーを持っていたが、男たちの間際に迫ると尽く引き伸ばされ、捻れたすえに、砕け散った。

　あるいは路肩に停められていた自転車も同じ末路を辿った。部品がバラバラに砕け、前衛美術のような姿になったすえ消え去った。花は引き伸ばされる前に散らばった。先ほどぼくが助けを借りた鳥の群れも同じ末路を辿った。羽ばたきが生む揚力では、男たちの重力から逃れられず、真っ逆さまに墜落していった。そしてミキサーにかけられたように粉々に砕かれ、そして次の瞬間には消え去っていく。

もはやぼくも木の幹に立っていることができなくなっていた。しっかりと抱きつき、全身の力をこめて身体を太い幹に押しつけていなければ重力の井戸へ落下してしまう。

男たちの前後左右、上下に至るまで、三六〇度全方位からあらゆる物体が根こそぎ引っ張られ、その黒い空洞に向かって呑みこまれていく。

もはや対抗策を講じるどころではなかった。増加の一途を辿る重力の脅威、死の奈落への墜落を免れる方法など何ひとつとして思いつかなかった。

だが、果たしていつまで耐えられる？

〈スパゲッティ・マン〉の数は、想像したくもないが無限に増え続けるらしい。標的となった自分を取りこむまで、歯止めがかかることはないだろう。いま自分を支えている古木が耐えられるのは、あとどれくらいだろうか。

猶予は僅かもなかった。

ミシリと、ぼくにとっては死刑宣告を告げるような重く鈍く、決定的な音がした。

ぼくを支えてくれていた古木の地面に太く張った根がボコリと露出し始める。何百年もそこに鎮座してきたであろう古木が傾き始める。舗装された路面を割り砕いていく。天地がひっくり返っていく。〈スパゲッティ・マン〉の数はますます増えており、もはや何人いるのか数えることは不可能だった。

古木が倒れた。

その激しい衝撃に、ぼくもはじき飛ばされる。

宙を舞う。視界いっぱいに青空が広がった。杜王町の全景が見える。美しい街だ。これ以上に綺麗な場所はいくらでもある。しかし、もっとも愛着がわくのは、この杜王町だった。しかし、それも見納めになるのだ。

見えない手に掴まれたかのように、ぼくの身体を〈スパゲッティ・マン〉たちの重力が捉えた。最初の遭遇のときとは比較にならなかった。ほとんど砲弾のような速度で一気に落下していく。

ぐんぐんと男たちの姿が迫ってくる。それは蝟集（いしゅう）した虫の群れを思わせた。あるいは真っ黒な空洞が集まる姿は巨大な口だけの怪物が大口を開いているようでもある。

どう足掻（あが）いても逃れる手段はなかった。

なのに、ようやく標的を手中に収めたというのに、それでも〈スパゲッティ・マン〉たちは表情ひとつ変えず、それどころかこちらの姿さえ見ようとしない。

まるで彼らは巨大なシステムを構築する歯車のようだった。すべてが同一規格で、決められた動作だけを繰り返す。

ぼくは落ちていく。

男たちの身体に、ぽっかりと空いた黒点へ向かって。

もはや、どうしようもない状態になると、むしろこの経験したことのない感覚に、新鮮な興味が生じた。引っ張られている感覚はなかった。ただ自然と落ちていく。〈スパゲッティ・マン〉に向かって、まっすぐに。

自分は、どこへ永遠に落下していくのだろう。

その終着点を目視しようとしたが、そこにはただ真っ暗な闇があるだけだった。ブラックホールの中心領域は、光さえ逃れられない領域だ。光さえ脱出できないということは、何者も脱出不可能だった。そこまで行けば逃げられない。

ブラックホールの行く先はどこへ繋がっているのだろう?

密度無限大の特異点において粉々にすり潰されるのか、あるいはワームホールを経て別の時空へ連れていかれるのか。すべてが未知だった。ワームホール。荒唐無稽なＳＦだと思っていたネットフォーラムの住人たちの推理は間違っていなかったのだ。

遭遇した者すべてが行方不明になる都市伝説〈スパゲッティ・マン〉の正体は、重力異常の怪異——超常現象だ。それもとびきり厄介で危険な代物だった。

だが、そのときだった。

ぼくの脳内に、稲妻のような思考が奔(はし)った。

ある。

この重力には、どうやっても抗(あらが)えないが、それでも生き延びるための手段が。

〈スパゲッティ・マン〉たちの正体について、あのネットフォーラムの住人たちが出した解というものが、もしも正しいとするならば。

自らを奮い立たせるように、ぼくは声を出す。

「——舐(な)めるんじゃあないぞっ、ぼくは『岸辺露伴』だ……ッ！」

ぼくは能力を発動する。

虚空に向かって、描線を引く。その瞬間、スタンド能力が発動する。

「〈天国への扉(ヘブンズ・ドアー)〉——ッ」

スタンドは精神の具象だ。力あるエネルギーのかたち。

〈天国への扉(ヘブンズ・ドアー)〉が、凄(すさ)まじい速度で〈スパゲッティ・マン〉に向かって突進する。

すでに逃れようのない距離。それはすなわち、〈天国への扉(ヘブンズ・ドアー)〉の射程距離でもある！

バラリ、と〈スパゲッティ・マン〉の顔が解(ほど)けた。幾つもの断層が生じ、本の頁(ページ)のようになった。びっしりと、相手の思考や記憶、その存在を構築する記述のすべてが視える。

〈天国への扉(ヘブンズ・ドアー)〉は、『相手の情報を読み取る』——だがいま使うべきはもうひとつの能力だった。相手の情報を調べ、悠長に対策を講じる暇はない。

今この瞬間も、ぼくの身体は〈スパゲッティ・マン〉に向かって落下を続けており、全身に激痛が奔っている。すでに事象の地平線（イベント・ホライズン）に接触した〈天国への扉（ヘブンズ・ドアー）〉の身体が、手が、足が、スパゲティのように細く、呵責（かしゃく）なく、メリメリと引き伸ばされている。

「う、おぉぉぉぉぉぉッ」

途方もない激痛だった。スタンドへのダメージは本体にも返ってくる。ベキベキと身体のあちこちが破壊されていく。

だがこれは必要な負傷。事を為（な）すための代償だ。

スタンドが木っ端微塵にされる前に、その強力無比な一筆を振るった。

「〈天国への扉（ヘブンズ・ドアー）〉ァァァッ」ぼくは血を吐くように絶叫する。「〈スパゲッティ・マン〉に命令するッ‼『**おまえは岸辺露伴を認識できなくなる**！』」

加筆は、一文が限界だった。

それ以上の追記をする猶予はない。

だが、それで十分だった。

「――〈スパゲッティ・マン〉！　**おまえたちがワームホールを介し、すべての情報を瞬時に同期させているなら、いまぼくが書きこんだ情報もまた一瞬にして同期される**ッ！」

そして消失が音もなく生じた。

あれほど莫大(ばくだい)な数で出現していた〈スパゲッティ・マン〉たちは、忽然と姿を消した。
まったく一瞬の出来事だった。異常重力は消え去り、ぼくは地面に投げ出される。
スタンドが激しいダメージを受けたために、身体は大型トラックに跳ねられたのかって
くらいボロボロになっていたが、それでも生きていた。
どうやら荒唐無稽な与太話(よたばなし)を信じて正解だったらしい。
〈天国への扉(ヘブンズ・ドアー)〉で情報を加筆できたのは、ひとりだけだったが、その情報は、瞬時にすべ
ての時空の〈スパゲッティ・マン〉に伝播し、情報の再同期が行われたのだ。彼らが標的
を仕留めるために仲間を呼び寄せる手段を逆手に取った戦術の結果、彼らは一斉に姿を消
した。誰ひとり、岸辺露伴という人間を認識することができなくなったからだろう。
窮地を脱した……のだろうか。
だが、ぼくがこのとき感じたのは、生還した安堵(あんど)よりも、得体の知れない何かに出逢っ
てしまったという居心地の悪さだった。
もっと率直(そっちょく)に言えば、恐怖したのだ。
〈天国への扉(ヘブンズ・ドアー)〉を使い、〈スパゲッティ・マン〉の記憶を見たとき、その情報が一瞬だけ
だが見えた。
奇妙なことに、あの男の内面には、普通ならあって然るべき、記憶や思考に関する記述
がほとんどなかったのだ。いや、たしかに文字は書かれていた。しかし、それが何と書い

てあるのかまったく読めなかったのだ。まるで未知の言語によって記(しる)されているかのように、意味不明な文字の羅列(られつ)だけがそこにあった。

なんとか解読できたのは、たった一語だけだった。

『つりえだ』

しかしその意味はわからなかった。

ただ背筋がぞっとする厭(いや)な感触だけがあった。

そして意識を失いそうになるなか、また携帯電話が鳴ったが、手に取るだけの余裕はぼくにはなかった。目の前には、愛用していたペンが捻れた奇怪なオブジェとなって転がっており、それは謎の男が残した唯一の置(お)き土産(みやげ)だった。

6

「——こうして、ぼくは〈スパゲッティ・マン〉との遭遇から生還したってわけだ」

にわかには信じられないだろうがね、と話を締めくくり、露伴はアイスコーヒーに口をつけた。氷が解(と)けきってほとんど水のようになっていたのでおかわりを注文した。

ガブリエルは変わらず仏頂面(ぶっちょうづら)のまま、テーブルに置かれたスケッチブックを見下ろしている。そうすることで露伴が語った話の真偽を確かめられるとでもいうかのように。

〈スパゲッティ・マン〉と遭遇して以来、露伴は、かえってその正体により興味を持つようになった。研究フォーラムの住人たちは、新たな仲間を歓迎した。

そして〈スパゲッティ・マン〉に関する情報をひととおり集め終わり、そろそろ一作描けそうだと思ったその矢先だった。ガブリエルが、〈スパゲッティ・マン〉の肖像画作成の依頼をしてきたのは。

「あなたは、本当に〈スパゲッティ・マン〉と遭遇し、生還されたようだ」

やがてガブリエルが重々しい口調で言った。それはちょうど美術品を入念に鑑定し、本物であると認定するかのようだった。

「当たり前だろ。そうでなければ、ぼくはいまここにいない」

「タフですね。あなたは」

ガブリエルが目をぱちぱちとする。

「いいネタが見つかったんだ。漫画家としちゃあ万々歳だよ」

そう言いつつ、露伴が強いて軽い口調で話しているのは、あの〈スパゲッティ・マン〉たちの得体の知れない不気味さが、まだ記憶に生々しく残っているからだ。

あれ以来、〈スパゲッティ・マン〉が露伴の前に現れることはなかった。

それでも〈スパゲッティ・マン〉の都市伝説に関する情報は更新されている。つまり連中は活動を続け、新たな標的をいまも探しているのだ。

そう、連中は果たして本当に意思をもっていたのだろうか。

露伴は新しく運ばれてきたアイスコーヒーに今度はミルクとガムシロップを注ぐ。グラスのなかでゆらゆらとすべてがひとつに入り混じっていく。

あの異常重力の怪異は、もはや災害と呼ぶべき代物だった。ほとんど自動的に、自分たちの姿を見つけたものに近づき、根こそぎワームホールに飲みこんでいく災禍。

では、奴らの正体は何なのだろう？

生還したからこそ、その最後のピースだけは手にすることができなかった。それはしかたのないことだった。

露伴は、テーブルに置かれたペンの残骸を摘み上げる。もしあのまま〈スパゲッティ・マン〉に完全に飲みこまれていたら、どこに辿り着いていたのだろうか。

あの真っ暗な穴は、はるか宇宙の彼方へ通じていたのだろうか。何百万光年の彼方に広がる宇宙を間近で見ることができていたかもしれない。それとも、まったく別の物理法則が支配する別の時空に放り出されたのだろうか。

想像は尽きない。しかし、もはやその真実を確かめる方法はなかった。

だからこそ露伴は、ガブリエルの依頼に応じたのかもしれない。

「それで君は、何の目的でぼくに接触してきたんだ？」

もしかしたら、と露伴は思う。

この男は、〈スパゲッティ・マン〉に関して何らかの情報を手にしているのではないか。

だからこそ自分に接触してきたのではないか。

「――最初は、あなたの安否を確かめるためでした」

ガブリエルはしばらく黙ってからおもむろに口を開いた。

「〈スパゲッティ・マン〉と遭遇し生き延びた人間はこれまでひとりとして存在しなかった。実際にお会いするまであなたが生き延びたと信じることはできませんでした」

「だがぼくは生還した」

「本当に奇跡的なことだと思います。我々が保護しようとした人々は、ことごとく〈スパゲッティ・マン〉によって連れ去られてしまった」

「保護しようとした。――なるほど、電話をかけてきていたのは、君か」

「……ええ」ガブリエルが苦々しい笑みを浮かべた。「気づいておられましたか」

「最初は、〈スパゲッティ・マン〉だと思っていたんだよ。だが奴らはひと言も口をきかなかった。最後までひと言もね。そして今の話を聞いていて、ようやく合点がいった。『いま、どこにいますか？』って質問は、ぼくの居場所を訊いていたのではなく、〈スパゲッティ・マン〉がいまどこにいるのかってことだな」

「そうです」とガブリエル。「あなたが新たな遭遇者となりつつある情報を、我々はあの時点で入手していました。場合によってはあなたを保護するため、対処チームが動く手筈になっていました」

そこまではさすがに気づかなかったが、ガブリエルたちからすれば、〈スパゲッティ・マン〉から逃げるどころか積極的に向かっていく姿はさぞ奇異に映ったことだろう。

「君はいったい何者なんだ?」

「申し遅れました。自分は、ある財団（ファウンデーション）に属する調査員（エージェント）です」

ガブリエルは再び名刺を差し出した。

紙質は同じだったが、そこに刻印された文字はまったく別だった。

「――SW（スピードワゴン）財団超常現象対策部門」と露伴。「なるほど、これがあんたの正体か」

SW（スピードワゴン）財団は米国に本拠地を置く巨大な科学財団だ。露伴も、知人伝いに情報を聞いただけだが、露伴が持つような異能――スタンド能力について研究する部門もあるという。

「騙すようなかたちとなり、申しわけございません」

「どうして肖像画の依頼なんて面倒くさい嘘をついて接触してきたんだ?」

「いえ、それも本当の依頼です。あなたは能力を発動した〈スパゲッティ・マン〉の姿を目撃している。そして、あなたの卓越した描写能力なら、これまで完全に未知の存在だった彼らの真の姿を克明に描き出せると判断したのです」

「――つまり、あんたがぼくに接触したのは、これまで得られなかった〈スパゲッティ・マン〉に関する情報を手に入れるためかい?」

「ええ。遭遇者のなかで生還したのは、あなただけですから」

「なら、いろいろと訊き出したいんだろうな。——ぼくを拘束するつもりか？」

「滅相もない」ガブリエルはすぐに露伴の懸念を否定した。「すでに、あなたから得難い貴重な情報が得られました。あなたの体験談は、いずれ他の遭遇者たちを守るために役立てられることになるでしょう。無論、相応の対価はお支払いいたします」

「それが肖像画の代金五〇万ドルだと？」

「あなたの証言とスケッチ画にはそれだけの価値がある。我々の研究予測モデルが正しかったと証明することができるかもしれない」

そこで露伴はピンときた。

「奴らの正体について知っているのかい？」

「……あくまで推測段階にすぎませんが」

ガブリエルは、露骨に口を濁した。秘密を隠し通したいというより、その情報を知らせてしまうことで露伴をより危険な状況に追いやるのではないかと危惧しているかのようだった。

だから露伴は言った。

「五〇万ドルなんてはした金に興味はない。代わりに君たちの情報をぼくに寄越せ。——〈スパゲッティ・マン〉ってのはいったい何者なんだ？」

お互いの目を凝視した。やがて根負けしたように、ガブリエルが下を向いた。

「……宇宙物理学の超弦理論という概念をご存知でしょうか？」

「素粒子は点ではなく、ひも状をしている……っていうヤツかい？」

「それです」とガブリエル。「このひもの存在を想定するにあたり、超弦理論は一〇次元時空が必要であると結論づけました。そして、〈スパゲッティ・マン〉たちを統御しているとされる意思の持ち主は、その一〇高次元時空に存在しているのです。その存在は我々の三次元時空では、その行動を著しく制限されます。そこで〈スパゲッティ・マン〉と我々が呼称するものたちを使い、我々に接触しようとしてきている」

思わず、ぽかんとしてしまった。

信じる信じないで言えば、理解不能というのが正直なところだった。

だが、人の姿をした黒点すら存在するのだ。本当に、そういう高次元時空の怪物というものがいたとしても不思議ではない。

「……そりゃまた、ずいぶんとぶっとんだ話だな」

「まるでネットフォーラムに書かれていた仮説みたいだと思われましたか？」

「まあね」

「あれは我々が意図的に流した情報です。あそこの住人たちは、自然発生的にできた〈スパゲッティ・マン〉の共同研究チームのようなもので、我々も密かに手を貸しています」

他の超常現象にも対処しなければならないガブリエルたちの代わりに、知らず知らずのうちに仕立て上げられたということらしかった。

「しかしなんで、その高次元の怪物とやらは、ぼくらにちょっかいを出してきているんだい？」

「その意図は不明です。そもそも彼らに私たちが理解可能な意思があるのかどうかもわからないのです。しかしその存在は、事実として、自らの傀儡（かいらい）を用いて、人間たちを連れ去っている。〈スパゲッティ・マン〉の正体は、裸の特異点（ネイキッド・シンギュラリティ）と呼ばれるワームホールの入り口であり、あの男の姿は重力のひずみがもたらした幻影、人間を引きずりこむために仕掛けられた疑似餌（ぎじえ）なのです」

「疑似餌……」

そこで露伴は合点した。

だから『つりえだ』だったのだ。

い、いや、

釣り餌だ。

怪物が釣りをするところを想像しよう。自分たちの暮らす三次元時空は水のなかのようなものだ。そして、怪物が垂らした糸がワームホールであり、そして針の先についた餌が〈スパゲッティ・マン〉たちなのだ。

魚は疑似餌に引かれて、針にかかる。

それが人間に置き換わっただけ。

「つまり、〈スパゲッティ・マン〉たちは、その〈怪物〉とやらが使っている釣り餌にすぎない。そしてぼくは危うくワームホールに引きずりこまれ、そのまま別次元に連れ去られていたかもしれない――って解釈で大丈夫か？」

「ええ」とガブリエル。「あなたが生還したというのは奇跡以外の何物でもないのです」

「……何か言いたそうな顔だな」

「私の職務は、〈スパゲッティ・マン〉の正体究明のための情報を集めることです。しかし、個人的にあなたにお伝えしたいことがあります」

ガブリエルは、じっと露伴を見つめた。その眼は実に真摯（しんし）だった。

「警告します。露伴先生。次に描かれる作品を〈スパゲッティ・マン〉にするつもりと仰（おっしゃ）られていましたが、お止めください。せっかくあなたは彼らの追跡から逃れられたのです。再び彼らの興味をひくような行為は慎むべきです」

なるほど。たしかに嘘はない。この男は、本当に自分を心配しているのだ。きっと誠実な人間なのだろう。自分がこれまで助けられなかった分だけ、いま目の前にいる危なっかしい生還者を守ろうとしているのだ。

「……つまり、この話を描けば、また怪物に目をつけられることになるかもしれないわけだ――」

ガブリエルの忠告はもっともだった。

しかし、露伴は漫画家だった。

ゆえに答えはひとつだった。

「――だがね、それでもぼくは描くよ。描くべきと決めたものは、絶対に、何があろうとも描くべきなんだ。それが漫画家の仕事ってもんだろう？」

露伴はペンを手に取り、スケッチブックに〈スパゲッティ・マン〉の姿を新たに描き上げる。そしてその頁を切り取り、ガブリエルに手渡すとそのまま席を立った。


空は醒めるように青いが、ほどよく雲がちりばめられている。そよ風が心地よく、外で過ごすには絶好の季節を迎えつつある。

しばらく露伴は歩道を進み、それからふと足を止め、後ろを振り返った。

杜王町の街並みを視界いっぱいに収める。

昼を迎え、活発に動きだした人々のなかに、よれよれのスーツとくしゃくしゃの帽子を被り、ぼさぼさの眉にぎょろっとした大きな目の男が立っているのが見えたが、彼はもはやこちらを向くことはなく、どこか別の虚空に向かっていつまでも微笑んでいた。

ペンを取り出し、スケッチブックを開く。

そうだな。まずはおまえたちのスケッチから始めよう。

血栞塗（ちしおりみどろ）
宮本深礼

「フグで死にかけた奴、見たことあるかい」

木製のカウンターにもたれながら、岸辺露伴はそう尋ねた。

艶やかなウォルナット材のカウンターは、落ち着いた雰囲気のバーを思わせる。洋酒のボトルをずらりと並べ、きっちりとした服装のバーテンダーが静かにグラスを磨いている
――そんなバーを。

しかし今、露伴がいるのはバーではない。S市にある図書館だ。もたれているのもバーカウンターではなく本の貸し出しカウンターで、話し相手もバーテンダーではなく司書だった。

せめてきっちりとした服装ぐらいは合っていてもよさそうだが、残念ながらそれも違う。司書の女は年齢こそ若いものの、伸ばし放題の髪がぼさぼさと末広がりになっており、留め具が弛いのか眼鏡が傾いていた。首元から覗くシャツも、噛みすぎたするめみたいにべろんべろんに伸びている。

「はあ?」

だらしないのは見た目だけではないようで、当然のように返事もだらしなかった。

けれど露伴は内心、『それでこそだ』と感心していた。これほど節度に欠けた格好をしているのに返事だけきっちりしていたら興醒めである。

とはいえ。

興に入るのと好感を抱くのはまた別の話。

露伴が普段利用しているのは杜王町の図書館だ。しかし、そこでは目当ての本が見つからず、久しぶりにS市の図書館まで足を運ぶ羽目になった。職員の顔触れが変わっていたとておかしくはないが、よりによってこんなルーズな司書を雇うとは。他の職員も見当たらないため、彼女に話しかけるしかなかったのだが。

「だから、フグを食って中毒死しかけた奴だよ。フグってのは内臓に毒があるだろ？　そいつに当たった奴を見たことないか、って聞いたんだ」

「ふぅん。漫画家って変なことに興味持つんですね」

「……？　ぼくを知ってるのか？　自己紹介した覚えはないが」

「された覚えもないですけど、そンぐらい知ってますよ。むか～し、新年特大号の少年ジャンプの表紙に写真が載ってましたもん。漫画家、岸辺露伴。血液型はB型。出身地はここ、S市。代表作は〈ピンクダークの少年〉でェ……」

「……わかった。もういいよ。聞きたいのはぼくの個人情報じゃあなくて、フグに当たった奴の話だったんだが……」

岸辺露伴は一流の漫画家だ。司書が挙げた〈ピンクダークの少年〉は世界中の漫画ファンから親しまれている。人気の理由は数え切れないほどあるが、まずなんといっても、個性豊かで強烈なキャラクター。そして、つい真似（まね）したくなる名台詞（めいぜりふ）や擬音などがあげられるだろう。けれどなにより肝心（かんじん）なのは、それらを支える〈リアリティ〉だ。

露伴自身が目にし、体験したものごとを描（か）くことで〈ピンクダークの少年〉は極上のエンターテイメントたり得ていた。主人公がおぞましい敵と相対すれば、その迫力から読者の皮膚も粟立ち、料理が登場すれば匂いどころか味まで感じる。キャラクターは虚構の存在ではなく憧れの対象となり、読者の生き様さえも変えてしまう。それほどの〈リアリティ〉がこめられているのだ。

フグ毒の〈リアリティ〉にしてもそう。

フグの肝（きも）を食べ、舌で毒の味を感じ、内臓が痺（しび）れる様を体験したいと露伴は思っていた。水槽をふよふよと泳ぐフグを目の前にして、小一時間悩みもした。

しかし、フグ毒には解毒剤というものが存在せず、その致死率は極（きわ）めて高い。

露伴は諦めざるをえなかった。〈リアリティ〉を得るためならどんな危険も厭（いと）わないが、死ぬのは困る。漫画が描けなくなってしまうからだ。

「まっ、フグに当たる奴なんてそうそういないしな。そんなに期待しちゃあいないさ。だから、今日は違う方法で探ってみることにしたんだ」

「違う方法って……サソリとか蛇みたいな、フグ毒以外で苦しんでる人を見たいってことですか？　露伴センセ、なかなか人が悪いですねェ〜〜」

分厚い眼鏡の奥で、司書が皮肉な笑みを浮かべた。

露伴の目が半眼に閉じられる。胡散臭いものを見る目つきのまま、彼は黙考した。やはりこの司書は自分の嫌いなタイプの人間らしい。会話を続けたものかどうか。このまま踵を返し、サヨナラするのが正解なんじゃあないか、と。

目的もなく、ただ図書館にブラリと立ち寄っただけならそうしていただろう。けれど、そうはいかなかった。露伴にはどうしても読まなければならない本があったのだ。

「ちがう。見たいのはあくまでフグで苦しんでる奴だ。ほかの毒で死にかけてる奴なんて、いくら見たって意味ないからな」

露伴はズボンのポケットを探り、メモの切れっ端を取り出した。

濡れたように輝くカウンターの上に置き、司書の手前まで滑らせる。

彼女は眼鏡のつるを指先でつまむと、カウンターに覆い被さるようにしてメモを見た。

「なんですかこれ。えぇっと……〈河豚食への誘い〉……？」

「フグの歴史ってのは古くてね。それこそ縄文時代の貝塚からもフグの骨が出るぐらいだ。当時のフグはまだ毒を持っていなかったのか……それとも死人が出てもやめられないほど美味かったのか、そこはわからないが……少なくとも中世のフグは毒を持っていたらしい。

フグの怖さを知らない田舎侍が毒に当たりまくるってんで、豊臣秀吉が食べるのを禁じたぐらいだからな。それ以来、明治に入って真っ当な調理方法が普及するまで、この国じゃフグを食うのはタブーだったわけさ」

「はあ」

司書の返事は露骨につまらなそうだった。フグの歴史などどうでもいいのか、渡したメモで折り紙を始めていて、今まさにカエルの脚が生えようとしていた。

「だが……禁じられたモノってのは、どうしたって魅力的に映る。禁酒法時代のアルコールなんかがいい例だ」

完成したカエルがぺこぺことお辞儀してきた。露伴は無視した。

「フグも御多分に洩れずってやつでね。食べるのが禁止されてからも、どうにかして食ってやろうって挑戦者たちがいたのさ。もちろん、バタバタとくたばりながらな。だけど無駄死にってわけじゃあない。どうすればまともにフグが食えるのか、挑戦者は記録していたんだ。食えるフグと食えないフグの違いは？　焼けばいいのか煮ればいいのか？　毒はどの部分にあり、どうすれば取り除けるのか？　ってね。彼らは勇者だ。フグ食を断念した者のひとりとして、敬意を表するよ」

尻の部分をはじかれ、カウンターの上をぴょこぴょこと跳びはねるカエルの頭を、露伴は指で押さえつけた。

「そして、その記録こそが〈河豚食への誘い〉だ。記録には毒の症状も含まれていて、初期症状から末期に至るまでの経過が挑戦者自身の手でこと細かに記されているそうだ。フグ毒ってのは発症すると、まず口腔や指先が痺れるらしい。痺れはやがて全身に広がり、内臓も麻痺して呼吸不全に陥る……その過程でどこが痛み、どう苦しむのか。ぼくはそれが知りたい」

「フグ食、誘い……ンな本、最近出てましたっけ？」

「いいや。刊行されたのは明治中期だ。それっきり再版もされてない」

「えぇっ……珍本じゃないですか〜〜」

「稀覯本って言えよな。そして……わかるだろ？　そんなにも珍しい本を探しているぼくが、わざわざ図書館まで来た意味が」

「うぇえ」

嘔吐くような声を司書があげる。

「閉架書庫を開けろってことですかァ？」

露伴は二回、首を縦に振った。

——図書館の本には大きく分けてふたつの種類がある。

ひとつは利用者がいつでも手に取れる本。もうひとつは高額であったり、珍しいといった理由で厳重に管理されている本。閉架書庫とは、後者の本を保管している場所のことだ。

「やだなァ、面倒臭いなァ〜〜……」

「おいおい。そういうことは普通、思っても口に出さないもんだろ？　利用者が探してる本くらい気前よく出してくれよ」

彼女は拗ねたように唇を尖らせ、引き出しから鍵束を取り出した。鉄臭さを感じさせる、黒々とした鍵の束。じゃらりと、カウンターの上にそれが置かれる。

「どうぞ。黒いのが閉架書庫の鍵です」

「おいおいおいおい。全部黒いぞ？　じゃなくって——自分で探してこいって言ってるのか？」

「だって……上まで行くの面倒臭いんですもん……はあ……」

司書がため息をつく。

彼女は数秒だけ露伴を見つめたあと、目を逸らし、さらにため息をついた。深く、長く、嫌味ったらしく。

それが露伴を苛立たせるためのパフォーマンスであるなら、大成功といっていい。彼ははっきりと苛立ちを感じていた。ここが図書館でなければ大声で怒鳴っているところだ。

「おいおいおいおいおいおいおい。まるでぼくが怒って帰るのを期待してるみたいじゃあないか。言っておくが、資料を見せてもらうまで帰るつもりはないぜ」

「べつにィ〜〜。ただただ億劫なだけですけど。それに、ほら——」

周りをよく見ろとばかりに、司書が両手を広げる。

「ご覧のとおり、他のスタッフは全員お休みなんで。ひとりしかいないスタッフがカウンターを離れちゃまずいかなァ、って」

「べつにいいだろ。本を借りようって連中が並んでいるわけでもないのに。ガラガラじゃあ……ない……か」

あたりを見回して、露伴は言葉尻をすぼませた。口にするのも憚られるほど、館内は閑散としていた。

机に突っ伏して居眠りしている老人や、ノートを広げて勉強している学生はいても、本と真面目に向き合っている者は見当たらない。

「……マジでガラガラだな。しばらく来ないうちに変な噂でも立ったか？　幽霊が出るとかさ」

「おっ、よくわかりましたねェ」

軽い調子で返ってきた司書の相槌に、きょろきょろとあたりを窺っていた露伴の動きが止まる。

目だけを彼女に転じて、

「……出るの？　幽霊」

「いや、オバケじゃなくて。変な噂ってほうです。誰が言い出したんだか……」

司書がカウンターの上に置かれていた栞を指でつまむ。

本の貸し出し時に配布するものらしく、S市のロゴマークが描かれていた。

「最近、ここの本に妙な栞が挟まってる、って噂になってンですって。ンで……その栞を見つけると不幸になるんだとか」

「不幸……？　ジャンケンで勝てなくなるとか、家が火事で燃えるとか？」

「さあ？　具体的な内容はなんとも。ただただ不幸になるとしか……でも、ここに通ってた人たちはそれを信じちゃったみたいで。そのせいでほら……この有様」

司書が栞の先端を館内に向け、指揮棒でも振るようにくるくる回す。

「スタッフもみんな気味悪がって、休みたい、なんて言い出しちゃって。あたしひとりで受付とか、ほんと勘弁してほしいんですけど。面倒臭い……」

「ふぅん……昔、不幸のナントカって流行ったろ。手紙とかメールとか」

それを受け取ったなら、期日以内に指定された人数に配布しなければ不幸になる、という定番の都市伝説だ。手紙からメールに、メールからSNSにと、内容や形式を変えながら人々の間を静かに巡り続けている。

「不幸の手紙とは違うと思いますよ。あれって、こと細かな指示がねちねち書かれてンじゃないですか。噂の栞には何も書かれてないそうですから。ただ――」

司書が胸ポケットから赤色のマーカーを取り出し、ペン先を栞に押しつけた。

「〈真っ赤〉なんですって。文字も絵もなく、ただただ〈真っ赤〉……」

S市のロゴマークが赤く塗り潰されていく。

「…………ムゥ……」

口元に手をあてがい、露伴は司書が手にした栞をじっと見つめた。

「不幸の栞……いや。〈真っ赤な栞〉か。いずれにせよ……面白そうではあるな」

「……ふふっ」

司書がにんまりと笑みを浮かべる。

「さすがは漫画家。旺盛なんですねェ、好奇心が」

「まあな。その栞とやらを見つけてみたくなった」

「それじゃあ――」

「ああ。君が〈河豚食への誘い〉を探してくれている間に、ぼくは栞を探してみることにするよ」

「あっ、なんだ。結局探さなきゃ駄目なんですか……」

何かを期待していたような司書の笑顔が、落胆にころっと変わる。

「はーぁぁあ……わかりました。わかりましたよ。行ってくればいいんでしょう」

鍵束とメモのカエルを乱暴に摑み、司書がカウンターから出てくる。

彼女は不満そうに鍵をじゃらじゃら鳴らしながら、年季の入った螺旋階段へと向かっていった。その後ろ姿を、露伴は呆れながら見送る。

S市の図書館は一階に文学作品、二階に専門書を置いており、閉架書庫があるのは三階――最上階だ。古い木造の建物を改装しただけに、エレベーターなどの大型設備は設けられていない。

螺旋階段の周辺は三階まで吹き抜けになっており、一階からでも階段を上る司書の様子を見ることができた。人差し指で鍵束を回しながら、ちんたらと移動している。

あの調子ではしばらく時間がかかりそうだ。露伴は彼女から視線を外すと、栞を探すために本棚へと向かった。

どこから手をつけるべきか。

闇雲に探してもしかたないと思い、露伴は端から順に館内を回ることにした。

一階の内装は板張りで統一されており、玄関ロビーに設置された利用者向けの端末や、資料検索用のパソコンが場違いに浮いている。図書館側もそこは気にしているのか、せめてケーブルだけでもテープで隠そうと、配線に苦心した跡が見られた。

写真集やアート本の棚で、露伴は画集を中心に目を通していった。〈マーク・ロスコ〉を見つけ、栞のことを忘れてつい没頭したりもした。

そこでは栞は見つからず、露伴は隣の棚に移動した。若者向けのコーナーだ。

S市の図書館は公営にしては珍しく、漫画が充実していた。漫画喫茶やレンタルサービスを利用しなくても漫画がタダで読める。利用者からすればありがたい話だろう。

けれど、漫画の充実には不満を抱く漫画家もいる。

図書館とは人の好奇心が詰まった場所だ。〈知りたい〉と願う人々の思いに応えるべく、図書館は本を仕入れ、貸し出す。露伴もその恩恵にあやかる者のひとりだ。しかし、読者が漫画を買わずに図書館で読むようになれば、漫画家の収入は途絶えてしまう。それを憂(うれ)い、漫画の貸し出しを自粛(じしゅく)するよう懇願(こんがん)した漫画家がいると、露伴も聞いたことがあった。

いったい誰が言いだしたのだったか。

同業者の話とはいえ興味は薄く、露伴は早々に思い出すことを諦めた。それよりも栞を探そうと、手近にあった漫画にざっと目を通していると、

「おーい、早くページめくれってばあ」

「ま、まだ読んでるんだから待ってよぉ」

子供の声がした。

本棚の近くには誰もいないものとばかり露伴は思っていたのだが、幼い兄弟がふたり、読書スペースで漫画を読んでいた。

「早く読めよなあ。他の連中が来たらどうすんだよ。先に借りられたら続きが読めないじゃんか」

「大丈夫だよ。〈ピンクダークの少年〉って漫画、たくさんあったもん」

ぴくりと反応し、露伴はふたりを見やった。

「バーカ。たくさんあるっつっても、一冊ずつ中身が違うんだよ。全部バラバラの話だけど、ちゃんと繋がってんの」

「バラバラだけど……繋がってるぅ？」

「だああ、もう……メンドクセーなあ。いいから早くめくれってば。それとももう家で読むか？」

「えー。もうちょっとここで読んでいこうよ。ひとり五冊までしか借りらんないし」

「ふたりで一〇冊かあ……小遣いがあったら本屋で買うんだけど……〈ピンクダークの少年〉って巻数多いから、俺たちの小遣いじゃ買えねーもんなあ」

「そうだね。お母さん、もっとお小遣いくんないかなぁ」

そう言って、読書を再開した。〈真っ赤な栞〉の噂を知らないのか、それとも気にしていないのか。楽しそうに〈ピンクダークの少年〉の世界に思いを馳せている。

「…………」

露伴は本棚に背中を預け、ふたりの様子を覗き見ていた。

あの兄弟は一切の対価を支払わず、〈ピンクダークの少年〉を読破しようとしている。

漫画の貸し出しを危惧しているというどこぞの漫画家の気持ちが、露伴にも少しわかった気がした。こうした状況がさらに進めば、収入は途絶え、あとはもう飢えて死ぬのを待つだけとなる。

露伴は改めて図書館の中を見渡した。

栞の噂のせいで、閑散としてしまった館内を。

図書館を利用すれば不幸になる。実にけっこう。素晴らしい噂が流行ったものだ。タダで漫画を読もうとする奴は不幸になればいい。図書館なんて潰れてしまえばいい。そう恨みったらしく思う連中もいるだろう。

だが、岸辺露伴は思わない。

露伴とて飢えて死ぬのは困る。漫画が描けなくなってしまうからだ。

けれど漫画が描けたとして誰も読まなければ、それは死んでいるのと変わらない。

漫画とはそもそも、誰かに読んでもらうために描くものだ。どれだけ不思議なネタを探し、〈リアリティ〉を注(そそ)いだとしても、読者の目に触れなければなんの意味もない。

露伴はふたりの読書の邪魔にならないよう、足音を忍ばせ、ゆっくりとその場から離れた。

読書スペースから十分に離れたのを見計(みはか)らい、露伴は歩調を速めた。

彼の中で、〈真っ赤な栞〉を見つけようという思いが、ほんの少しだけ強まっていた。

とはいえ。

歴史のコーナーで時代小説をめくりながら、露伴は考えた。

いったいこの図書館には何冊の本があるのか。一階だけで数万冊。二階や三階を含めると、二〇万冊に届くのではないか。それらすべての本を開いて確かめるというのは、現実的ではなかった。かといって、開かずに栞が刺さっているか確認するだけでは、見落とす可能性が高い。

効率的な探し方を思いつけないまま、露伴は小説を棚に戻した。

そのまま踵(きびす)を返そうとして、天井から吊り下げられた看板に気づく。

看板には笑い合うクマとウサギのイラストと共に、ひらがなで〈たのしくあそぼ〉と書かれていた。児童向けスペースの案内だ。

絵本に栞が挟まっているとも思えないが、すぐそこなので、露伴は寄ってみることにした。

〈たのしくあそぼ〉の看板の下には、児童向けの広場が展開されていた。

露伴の腰くらいの高さしかない滑り台や、カラフルな積み木、サイコロ型の柔らかそうなクッションが木の柵に囲まれて転がっている。普段はあそこで幼児をあやしているのだろうが、栞の噂のせいか、今は誰の姿もない。

本棚のラインナップに目を通すと、可愛い書体で書かれたひらがなのタイトルが目立った。ほとんどが絵本か紙芝居だ。

だが。

「………？」

なにかの見間違いではないかと二度見する。

ポップな色使いの絵本の中に、麻紐（あさひも）で綴（と）じられた苔色（こけいろ）の和本が紛れこんでいた。

タイトルは〈河豚食への誘い〉。露伴が司書に探すよう頼んだ稀覯本だ。

やはり見間違いかと、露伴は目をこすった。しかしまぶたがひりつくまでこすっても、〈河豚食への誘い〉は依然としてそこにあった。

「どうしてこんなところに……？」

思わずぼやき、露伴は自問してみたが、答えは杳（よう）として知れなかった。

「露伴センセェ〜〜」

本棚の端からぺたぺたと足音が近づいてくる。司書だ。

「すンませェ〜〜ん。フグの食べ方がどーだこーだって本、閉架書庫になかったんですけどォ〜〜」

「いや……あるよ。ここに」

「へえっ？」

司書が素っ頓狂な声をあげ、露伴の視線を辿る。そして〈河豚食への誘い〉に気づくなり、彼と同じように目を白黒させた。

「ええ、なんで……あんなに探したのにィ～～……」

不服げにぼやき、手荒く本を摑む。

「うっわぁぁ……本物だぁ～～」

「君なァ……稀覯本を扱うときはもっと気を遣えよ。手袋をはめるとかしてさァ～～」

「いやだって、これすっげぇボロいですし。ンな丁寧に扱う必要なくないですか」

「ボロボロの本がそれ以上ボロくならないよう、保全するのも司書の務めだろう……もういいから、ぼくにも早く見せてくれ」

「はあ」

露伴は持参した指キャップを着用し、司書から本を受け取った。

〈河豚食への誘い〉には、露伴が期待していたとおりの記録が記されていた。

特に興味をそそられたのは、フグ食に命を賭した武士の話だ。武士は庶民よりも厳しくフグ食を禁じられていたため、より慎重に御上の目を誤魔化す必要があった。

当時は毒に対する手立てもなく、当たれば確実に命を落としたため、フグは〈テッポウ〉と呼ばれていた。まさに命懸けのロシアンルーレットというわけだ。

それほどの危険を冒してまで、なぜ武士はフグを食べたのか。結局彼は、手足の痺れを感じた瞬間、御家に迷惑がかからないよう自分で始末をつけたようだが……

深く頷きながら、露伴はページをめくっていった。が。

「……おいおいおい」

本の中ほどを過ぎたあたりで、露伴はうめいた。

「なんだ……これは？」

「だから言ったじゃないですか、ボロいって」

——ほら見たことか。司書の声にはそんな響きがあった。

露伴がつまんだページは妙に厚かった。ページとページが貼りついていたのだ。それも一部分だけが貼りつくのではなく、ページ全面にわたって。

「本がボロいのとページがくっつくのは関係ないと思うけどな」

「なら、断裁ミスとか」

「断裁ミスで袋綴じになるならともかく、くっつくのはおかしいだろ？　そもそも断裁機が一般的になるのは大正に入ってからだ。明治に刷られたこの本に断裁機が使われたとは思えないね」

「じゃあ、糊でも塗って貼りつけたんじゃ？」

「……なんのために？」

「さあ？」

さして興味もなさそうに、司書が肩をすくめる。

だが、露伴は違った。この貼りついたページをどうにかして読んでみたい。その一念が頭の中で渦巻いていた。

なにかの手違いで貼りついただけかもしれないし、剝がしたところで白紙かもしれない。

それでも見てみたいのだ。

見てはならないと禁じられたモノは、どうしたって魅力的に映る。

「なあ。これ、剝がしちゃ駄目か？」

「駄目ですよ。もし失敗して本が駄目になったらどうすンですか」

「さっき言ってただろ？　ボロい本だから丁寧に扱う必要ないって」

「露伴センセも言いましたよね？　ボロい本の保全も司書の務めだって」

「いや、それはそうなんだが……どうしても駄目か？　本ってのは読むために書かれたもんだろう？　くっついたままじゃあ、この本は本としての役目を果たせないんだぜ？」

「とにかく駄目でェ～～す。ブゥゥ～～～！」

司書がブーイングを口にし、さらには腕でバツ印まで作ってくる。

「好奇心は猫をも殺すって言いますし？　見えないものは見えないものとわりきって、すっぱり諦めてくださいよォ」

司書は交差した腕で手刀でもかますように、露伴へとにじり寄ってきた。

露伴は困惑顔で後退(あとずさ)りながら、

「わ、わかった……落ち着けよ。悪かった。こういうのを見ると、どうしても気になるタチなんだ……約束する。このページは剝がさない。なっ？　これでいいだろ？」

やんわりと司書の肩を押し返した。

「それより……そろそろ君も受付に戻ったほうがいいんじゃあないか？　さっき漫画を読んでた子供たちが、本を借りようかどうか迷ってたぜ」

「子供ォ～？」

若者向けコーナーの方向を見やった司書が、化粧っ気のない眉(まゆ)をひそめた。

「……子供って、あたし嫌いなんですよね。何にでも興味を持って、汚い手でベタベタ触って……借りた本はまともに返さないし、そのせいで仕事も増えるし……」

じとりとした目つきのまま、司書は続ける。

「好奇心は猫をも殺す、って言いましたけど……あれってべつに猫だけじゃないですよね。好奇心は子供だって殺すんですから」

「……うん？」

なにやら物騒なことを口にした司書に、露伴は怪訝(けげん)そうな目を向けた。

しかし彼女は素知らぬ顔で、露伴と目を合わせることなく去っていった。受付カウンターへ向かって、ぺたぺたとだらしない足音を立てながら。

遠ざかる司書を見つめる露伴だが、彼女の姿が本棚の向こうに消えるや、

「…………」

「よし、剝がすか」

司書を謀った罪悪感や逡巡など欠片もない、すんと澄ました表情で、露伴は再び〈河豚食への誘い〉に視線を戻した。

そしてやはり迷いなく、ページの角に指をかける。

露伴が司書に語ったとおり、本は中に記された叡智をすべて吐き出してこそ、その役割を全うできる。貼りついて読めないページがあるなら、それは剝がしてやるべきなのだ。

露伴は慎重にページを剝がしていった……

和紙のしっかりした厚みを感じながら、ペリペリと。

細い繊維が毛羽立ち、ページが徐々に露わになっていく。

そこで初めて、露伴はためらいを覚えた。

なにか忌まわしいモノを覗きこもうとしているような……漠然とした悪寒が走ったのだ。

どこの部位かも知らされず、ただ『フグです』と言われ、正体不明の肉を皿に盛られたような気分を露伴は味わっていた。二者択一。箸をつけるべきか否か……

自分自身の好奇心に従ってページを最後まで剝がすべきか、それとも……

露伴は鼻で笑い、かぶりを振った。

根拠のない不安を抱いた程度でなにをそこまで悩んでいるのか。所詮（しょせん）は貼りついたページを剝がすだけだ。フグなら毒で死ぬこともあるが、本で死ぬことはない。

そう決心して。

露伴は一息にページを剝がした――

「……これは…………」

興奮と困惑の滲（にじ）んだ声で、露伴が呟く。

まず彼の目に飛びこんできたのは、眩暈（めまい）がするような毒々しい赤。

次いで、擦（す）り切（き）れたワイン色の飾り紐。

栞だ。赤一色の栞が、そこに挟まっていた。

文字や絵の類（たぐい）はなく、鋳の表面に見られるような粗（あら）いぶつぶつが全体に広がっている。

見本があるわけでもないが、露伴は確信した。これこそ司書が話していた〈真っ赤な栞〉である、と。

だが、なぜ貼りついたページの中に？

首を傾（かし）げる露伴だが、些末（さまつ）な疑問は膨れ上がる好奇心を前に萎（しぼ）んで消えていった。

露伴は指キャップを外し、栞に触れてみた。ザラッとした感触が指先に伝わる。まるで乾いた血のようだと彼は思った。試しに臭いを嗅いでみると、酸化した鉄の臭いがした。

もしかしたら、本当に血で染めてあるのかもしれない。

おまじないや呪いといったオカルトで、血液は定番の小道具だ。誰であれ、痛みを我慢する覚悟があれば血を用意することは容易い。

ともあれ、今は〈真っ赤な栞〉が作られた背景よりも、これが本当に見つけた者を不幸にする栞で、どのような不幸をもたらすのか——その二点を知りたいと露伴は思った。

露伴が栞を抜き取り、〈河豚食への誘い〉を本棚に戻す。

その直後。

「——」

「……うん？」

きょろきょろと、露伴があたりを見回す。

どこからか、微かに——笑い声が聞こえたような気がした。

「なんだ……？　誰かいるのか？」

声がした方向も場所も特定できず、漠然と声をかける露伴だが、返事はなかった。

近くに人の気配は感じない。

露伴は折り曲げないよう注意しつつ〈真っ赤な栞〉をポケットに仕舞うと、通路に顔を覗かせた。視線を巡らせるが、やはり人の姿はない。

ふと……

嫌な予感を覚えて、露伴は天井を見上げた。

前触れがあったわけではない。

予告されたわけでもない。

ただ、〈なにか〉が発する意思のようなものを感じ取ったのだ。

ギチ……ッ、ギチィ……

聞こえたのはそのような音。

露伴は胃のあたりが冷たくなるのを感じた。音の出所は〈たのしくあそぼ〉の看板――それを吊るしている鎖だ。二本の鎖のうち、一本の鎖がひとりでに捻れていく。誰が触れているわけでもないのに。

「なっ……」

鎖の環のひとつひとつが、開花するつぼみのように開いていき――

「おいおいおいおいおい……まさか…………」

次の瞬間、鎖がバツンッと千切れた。

鎖が振り子のようにしなり、〈たのしくあそぼ〉の看板が露伴に迫ってくる。

「ウソだろッ⁉」

露伴は叫び、横っ跳びに飛んだ。

踵(かかと)のあたりを掠(かす)め、凄まじい圧が唸りをあげて通り過ぎていく。

「うおおぉぉっ！」

受け身を取ろうとして――漫画家としての本能で咄嗟(とっさ)に右手をかばい、露伴は左手を床(ゆか)についたが、

「ぉぉおおおッ⁉」

腹這いのまま、露伴が絶叫する。

どうしてそんなところに落ちていたのか。

露伴の左手のひらに、画鋲(がびょう)が根元までぶっすりと刺さっていた。

「おおあああッ⁉」

痛みに耐えかねて、右へ左へとのたうつ。

すると、身体が机の脚にぶつかり――上に載っていたデスクトップパソコンが落ちてきた。

数キロもあるそれが、〈猿蟹合戦(さるかにがっせん)〉で猿を押し潰した臼(うす)よろしく露伴の背中を直撃する。

「あああああぁぁぁ――――ッ‼」

あまりにも無慈悲なハプニングの連続に、露伴は肺を絞(しぼ)るように喚(わめ)き散(ち)らした。

「グッ……う……ぅぅ……」

僅(わず)かに残る肺の空気をうめき声に変えながら、左手の画鋲を引き抜いたとき。

「あれぇぇ～～っ？」

間の抜けた声の闖入(ちんにゅう)に、露伴はうめくのをやめた。

「露伴センセが潰れてる。大丈夫ですかァ？」

司書だ。露伴の叫び声はカウンターにまで届いていたらしい。

「あ、ああ……大丈夫だ」

依然として露伴の背中にはデスクトップパソコンが乗っかっているのだが、ここで弱音を吐くことは彼の矜持(きょうじ)が許さなかった。

「いやいやいやいやいやいや、露伴センセじゃなくって」

露伴の意地などお見通しとばかりに、司書が薄ら笑いを浮かべる。

「パソコンですよ。パ・ソ・コ・ン。壊れてませんかァ？」

「………知らないよ」

小馬鹿(こばか)にした物言いに、露伴の眉間(みけん)にシワが寄る。

司書が芋(いも)でも抜くような動きでデスクトップパソコンをどかすが、露伴は礼も言わず、のそりと起きあがった。

「大丈夫かなァ、ちゃんと動くかなァ〜〜……うわっ、看板も外れてるし……」

ぶらぶらと揺れている〈たのしくあそぼ〉の看板を見て、司書がぽかんと口を開ける。

彼女の『これもあなたが壊したんですか』とでも言いたげな視線を受け流しながら、露伴は服についた埃(ほこり)をはたき落とした。

「いきなり鎖が千切れたんだ。ちゃんと整備してなかったんじゃあないのか？」

「さあ？　どうなんでしょ。そこら辺は庶務係の仕事でしょうし……う～ん。このパソコン、動くかどうか試したいんですけど……線を繋ぐのも庶務係の役目っていうかァ、あたしの仕事じゃないしなァ～～……」

「おい……その態度はさすがにどうかと思うぜ。君だって図書館側の人間だろ？　『不備があってすみません』のひと言ぐらい――」

言いかけて、露伴は言葉を引っこめた。

「……いや。なんでもない」

きょとんとする司書に背を向けて、露伴が顔を伏せる。

図書館の責任を追及することは簡単だ。彼女の無礼を咎めることも。

けれど、露伴はそうしなかった。看板が落下した原因は図書館の整備不足ではなく、他にあるのでは、と……そう考えたからだ。

露伴は『鎖が千切れた』と司書に説明したが、正確には突然千切れたわけではない。ひとつひとつの鎖が意思を持っているかのように開き、看板の重さに耐えきれなかった結果だ。

パソコンにしてもそう。

ケーブル類はすべて来館者の目に触れないようテープに包まれ、固定されていた。

けれど露伴が机にぶつかったとき、それはいとも容易く外れ、縛めを解かれた番犬の如く彼の背中にのしかかってきたのだ。ただのトラブルや事故とは思えない。

そして。

思い当たる原因は、露伴自身のポケットに入っていた。

ゆっくりと慎重に、ポケットに手を伸ばす。ザラザラした感触が――〈真っ赤な栞〉の感触が指先に伝わる。

取り出した〈真っ赤な栞〉を、露伴はまじまじと見つめた。

見た目に変化はない。ないが、しかし……〈真っ赤な栞〉の脈動らしきものを、露伴は感じた気がした。

まるで止まっていた心臓に血が巡り、再び動きはじめたような……

「こいつは……本物だ」

昂ぶりを抑えた静かな声音で、露伴は呟いた。

肝心の不幸が喜劇のような悲劇というのは拍子抜けであったが、不思議な力が働いていることに変わりはない。

露伴の中で、〈真っ赤な栞〉への興味は、より強いものとなっていた。

そうなると知りたくなるのは、先ほどあと回しにした〈真っ赤な栞〉の背景のほうだ。

素材は紙のようだがなんの紙が素材になっているのか。作られた時期はいつ頃なのか。

飾り紐はただの装飾なのか。誰がなんのために作ったのか。やはり赤い色は血なのか。そうであれば誰の血が使われたのか。そして、なぜ〈河豚食への誘い〉に挟まっていたのか。

疑問は尽きないが、まずは手っ取り早く……素材から調べてみようと露伴は考えた。

端を少し破って断面を見れば、紙の種類がわかるかもしれない。

両手で〈真っ赤な栞〉の端を掴み、露伴はゆっくりと力をこめた。〈河豚食への誘い〉のページを剝がしたときのように、慎重に――

ベリィッ……

そんな音がした。

――露伴の左手の親指から。

「痛っ……」

鱗(うろこ)のようなものが赤い液体を伴って宙を飛ぶ。

露伴の親指の爪だった。

「な………!?」

痛みと驚き。ふたつの感覚に襲われ、露伴は声を失った。

「ば、馬鹿な……今、はじけ飛んだぞ……！　爪が！」

血塗(ちまみ)れの爪が床に落ち、音もなく弾(はず)んだ。

親指の先からだくだくと溢(あふ)れる血が〈真っ赤な栞〉に流れ、赤い色をより深いものにしていく。

「露伴センセ、なに叫んでるんですか」

パソコンの配線と格闘していた司書が振り向き、眼鏡の向こうで目を丸くした。

「うぇえ。血？　それ血ですか？　うわあ、大丈夫ですかァ？」

「あ……ああ……」

「いやいやいやいやいやいや。心配してんのは露伴センセじゃなくて。床です、ゆ・か！」

〈真っ赤な栞〉から滴った血が水飴のように糸をひき、よく磨かれた板張りの床に点々と散っていた。

「もおォ～～……ちょっと雑巾取ってくるんで、それ以上汚さないでくださいよォ～～？」

苛立たしげにぼやき、司書がどこかへ去っていく。緊迫したもの言いのわりにまったく急がず、のたのたと歩きながら。

声もなく、呆然と彼女を見送っていた露伴はハッと我に返ると、親指の傷をハンカチで手早く縛った。

そして、血に濡れてぬらぬらと輝く〈真っ赤な栞〉をじっと見下ろす。

たしかに破いたはずなのに、微塵も傷がついていない。

「つくはずだった傷が……ぼくに跳ね返ってきたっていうのか？」

これも――

「〈真っ赤な栞〉の不幸……？」

血が染(し)みこみ、じっとりと湿っていくハンカチの感触に、彼は戦慄(せんりつ)を覚えた。

好奇心は猫をも殺す。

司書が言っていたとおりだ。露伴の心臓が胸を押し上げる勢いで鼓動する。血が巡るたびに左手の親指がズキズキと痛んだ。

子供のイタズラみたいな不幸が続いたためつい甘く見たが、露伴には予感が――いや、確信があった。この栞は、想像以上にまずい代物であると。生半可(なまはんか)な好奇心で触れてはならないものだと。

「ハァ～～ァア……ほんと、ほんっと面倒臭いなァ～～……」

至極億劫(しごくおっくう)そうに、司書がバケツとモップを手に戻ってきた。

「掃除はあたしじゃなくて庶務係の仕事なのに……庶務ぅ～～、どこ行った庶務ぅ～～、出てこい庶務ぅ～～」

司書は犬でも呼ぶように口ずさむと、犬でも追っ払うように『しっしっ』と露伴を手で払い、モップで床を擦(こす)りはじめた。

いつもの露伴であれば立腹し、怒鳴り声のひとつもあげているところだが。

「なあ……」

露伴は〈真っ赤な栞〉をポケットに戻し、司書に声をかけた。

「ひとつ聞いてもいいか」

「はあ」

「さっき君が言ってた〈栞の噂〉……他にはどんなのがあるんだ？　つまり……〈真っ赤な栞〉を見つけたときの対処法とか……そんな噂はないのか？」

「う～～ん？　変なこと聞くんですね。もしかして……露伴センセ、栞を見つけちゃったんですか？」

「…………」

「あらら、だんまり。べつに横取りしようってわけじゃないのに」

司書が肩をすくめる。

そのまま掃除を再開する彼女だが、

「駄目ですよ。助かろうなんて思っちゃあ」

手を休めることなく、そう言う。

「……えっ？」

今までと変わらない覇気に欠けた口調だったため、露伴はつい聞き流しそうになったが
……彼女は今、なんと言った？

「あたし、言いましたよね。見えないものは見えないものとわりきって、すっぱり諦めてくださいって」

司書は掃除を中断すると、立てたモップの柄によりかかり、手の甲に顎を乗せた。

「好奇心は猫をも……センセの場合は漫画家か。好奇心は漫画家をも殺すんですから。好奇心に駆られておいて助かろうなんて、虫がよすぎますよォ」

「なにを言って――」

「こんな話、知ってます？」

露伴の言葉を遮り、司書は片目を閉じてみせた。

「あるところに子供がいました。その子は海でフグを釣り上げます。大人なら外道とわりきって海に放しますけど、その子は初めて見るフグにテンションが上がり、その場で捌いて食べてしまう……はい残念、子供はフグに当たってじわじわ死んでいきました」

間を置かず、司書が人差し指を立てる。

「さて、ここで問題です。子供が死んだのはなぜでしょう？」

「フグ毒のせい……だろ」

「ブゥゥ〜〜！　正解は、好奇心が旺盛だったから。好奇心がなければ、子供がフグを食べることもなかった。好奇心は子供だって殺しちゃうんです」

にんまりと、司書が分厚い眼鏡の奥で相好を崩す。そして、どこか懐かしむような目で露伴を見た。

「あたしも露伴センセの気持ち、よォ〜〜くわかりますよ。未知の現象や珍しい事柄に触れるチャンスがあれば、必ず興味を持ってしまう。一を聞けば十を知りたくなり、十を知れば百を確かめたくなる……でもね、森羅万象を理解したところで、碌(ろく)なことになりませんよ」

あたしみたいに……司書はそうつけ加えた。

「あたしは好奇心の赴(おもむ)くまま……人の興味が至る果て、すべてを知り尽くしました。飢餓感を癒(いや)すよう、貪欲に。露伴センセにはそうなってほしくないから〈真っ赤な栞〉について教えたのに。栞ってね……『そこで読むのを止めた』印なんですよ。そして、赤は警告です。それ以上進むな、っていう」

どこから取り出したのか。司書が〈真っ赤な栞〉を指でつまんでいた。ぎょっとしてポケットを探る露伴だが、栞はポケットに入ったままだ。

司書が手にしているのは……二枚目の栞。

「あぁ、でも……すべてを知り尽くした、って言いましたけどォ……今またひとつ、知りたいことが増えました。好奇心に殺されそうになっている漫画家は、助かるために好奇心を捨てることができるのか……ねェ、露伴センセ。教えてくれません？」

司書がモップに預けていた身体を起こし、露伴へと歩み寄る。

ぺたぺたと、だらしない足音を立てながら。えも言われぬ威圧感を伴(ともな)って。

ルーズな格好の間の抜けた司書だとばかり思っていた女が、今はまるで人の皮はそのままに中身だけずるりと入れ替わったような……そんな感覚を露伴は覚えていた。

「なんだ……君は、いったい……ッ！」

露伴のこめかみに汗が噴き出し、呼吸が荒くなる。

顎に滴った汗を手の甲で拭い、露伴は後退ろうとしたが、ねっとりとした液体の中に浸かっているように足が重かった。

司書が薄笑いを浮かべる。

露伴の脳裏に警鐘が響いた。これ以上、近寄られるのはまずい。

ここが限界だと、直感が叫んでいた。

「なんなんだああァ――ッ！　貴様はあああァ――――ッ!!」

露伴もまた叫ぶ。さらに――

「ヘブンズ・ドアアァァ――――ッ!!」

司書との間に立ち塞がるように、小柄な少年の姿が浮かび上がった。

彼の名は〈ヘブンズ・ドアー〉。露伴の好奇心を解き明かしてくれる、人ならざる存在。

〈ヘブンズ・ドアー〉が司書に触れるや否や、
バラァァッ……

彼女の顔に亀裂が奔り、それは雑誌を開くようにめくれあがった。

〈本〉の状態になり、気を失った司書が膝からくずおれる。

すかさず露伴は彼女の傍(かたわ)らにしゃがみこんだ。

不発弾に触れるような心地で激しく息づきながら、露伴は司書のページをめくっていく。

「ハァ――ッ……ハァ――ッ……」

彼女の記憶は、

『猫を食べた』

その一文ではじまっていた。

背筋にゾクリとしたものを感じながら、読み進める。

『猫を食べた。お腹が空(す)いていたから。犬を食べた。お腹が空いていたから。だけど誰も責めなかった。みんなお腹が空いていたから』

心の記憶は嘘をつかない。すべて彼女の実体験だ。しかし。

「どういうことだ……？　この女……寛永(かんえい)の飢饉(ききん)を……経験しただとッ⁉　四〇〇年前の出来事だぞッ⁉」

司書が言っていた飢餓感とはこのことだったのか？　彼女は様々なモノを口にしていた。

『木船の床板、潮(しお)の味。唐傘(からかさ)の糊(のり)、甘かった。襖(ふすま)の骨組み、竹の香り』

ところが、やむなく口にしていたはずのそれらが、徐々に変貌(へんぼう)していく。

『赤ん坊の臀部(でんぶ)、お餅(もち)みたい。幼馴染(おさななじ)みの女の子の耳、引き千切ったらなんでなんでってうるさかった。餓死した爺(じじい)の大腿部(だいたいぶ)、ほとんど骨』

飢えをしのぐためだけではない。司書は好奇心でそれらを口にしていた。好奇心に負けて、彼女は食人を犯したのだ。

数年にわたる飢饉を経ても彼女の好奇心はとどまらず、さらなる暴走を続ける。

『人の構造が気になった』

彼女は人間をバラしはじめた。食べるためではない。ただ、気になったというだけで。

最初は墓荒らしからはじまり、橋の下に転がっていた水死体や行き倒れの解剖、ついには生きたままの人間を……

そこにはモラルもなにもない、好奇心に憑かれた者の蛮行が記されていた。

「こいつ……何者なんだ⁉　いったい何年生きているんだッ⁉」

一心不乱にページをめくり続けていた露伴の手が止まる。

『深海の生物を見てみたくなった』

雑誌の見出しのようにそう書かれている。そして、そのページには。

三枚目の〈真っ赤な栞〉が挟まっていた。

「………っ！」

〈ヘブンズ・ドアー〉で本にしたもののページに栞が挟まるなど、初めてのことだった。

我に返って息を呑む。それと同時に、露伴は司書の言葉を思い出していた。〈栞の赤〉は、それより先を読んではならないという警告だと。

「これ以上ページをめくるのは……ヤバいとでもいうのか……？」

好奇心は漫画家をも殺す。

好奇心に殺されそうになっている漫画家は、助かるために好奇心を捨てることができるのか。

「いや……諦めるものか。必ずこの女の正体を確かめてやるッ！」

もっとよく記憶を読もうと、露伴は司書の肩を抱き上げた。その瞬間。

バサササササ……

まだめくっていないページから、数十枚、数百枚……それ以上だ。大量の〈真っ赤な栞〉がこぼれ落ち、溢れた鮮血のように床に広がった。

「うぅッ……！」

思わず仰け反り、露伴はうめいた。

最後の警告。まるでそう言われた気がした。好奇心に駆り立てられた者の末路。この先を見れば、お前は必ず殺される。〈真っ赤な栞〉の不幸によって……と。

露伴の頭の中で、かろうじて熱を帯びていない冷めた部分が告げていた。ここが潮時だ。今すぐ記憶を読むのを止めて、彼女に命令を書きこみ、逃げることだけを考えろ。

わなわなと露伴の手が震え、握ったページに指の形のシワが寄る。

だが。

「……甘く見られたもんだな。このぼくも」

震えはすぐに治まった。

「好奇心がぼくを殺すだって？　いいとも。やってみるがいいさ」

〈真っ赤な栞〉が生半可な好奇心で挑めない代物なら、全身全霊の好奇心でもって挑む
――それが漫画家、岸辺露伴だ。

好奇心は猫を、子供を、漫画家を殺す。

たしかに一理ある。好奇心とは劇薬だ。

〈河豚食への誘い〉に書かれていた武士は、なぜ命を懸けてまでフグ食に挑んだのか。ただたんに我慢できないほどフグが美味かったから？　違う。好奇心があったからだ。

人は好奇心によって知恵を身につけ、進化してきた。数え切れない犠牲の上に。誰よりも好奇心が強かったからこそ、人は繁栄を極めたのだ。

いつか好奇心によって人は滅びるのかもしれない。けれど、好奇心なくして人は人たりえない。好奇心を失い、すべてを知ったつもりになって退屈し、なにごとにも関心を抱けなくなったときこそ――人は滅びるのだ。

「好奇心に殺されそうになっている漫画家は、助かるために好奇心を捨てられるのか……お前はそう尋ねたな。答えは『ＮＯ』だ。死ねば漫画を描けなくなるが、好奇心のない漫画家なんて漫画家じゃあない」

握り締めていたページを、露伴は一息に開いた。

そこには……


ざわざわと、あたりに人の気配が満ちた。

あたりを見回そうとして露伴は気づいた。司書の姿が消えている。床に散らばったはずの〈真っ赤な栞〉も。ポケットにあったはずの栞も。なにもかもが。

「ハッ⁉」

露伴は人いきれの中で膝をついていた。

前に来たときと同じ、人で賑わう図書館がそこにあった。幼い孫の手を引いた老人が、訝しげに露伴を見下ろす。露伴もまた、きょろきょろと視線を巡らせていた。

「どういうことだ……夢？　いや……」

露伴の手には、まだ司書の体温が残っていた。左手にも血染めのハンカチが巻きついたままだ。夢や幻ではない。ないが、しかし――

まるで自宅だと思っていた場所が他人の家だったような、そんな居心地の悪さを露伴は感じていた。解消されることのないもどかしさに舌打ちし、彼は腰を上げた。

わからないことだらけだが、ひとつだけ、確信を持って言えることがある。

あの司書は好奇心の権化だ。

すべてを知り尽くし、退屈を極めていたようだが……好奇心に果てなどあるわけがない。知ったような気になっているだけだ。

事実、彼女は新たな好奇心を芽生えさせ、露伴に迫ってきたのだから。

もしかしたら、その答えが得られたことで――あるいは、自分の好奇心にまだのびしろがあることを知って、彼女は満足したのかもしれない。

仮にそうだとしたら図々しい話だと露伴はうめいた。こちらには何も与えず、自分だけ好奇心を満たすなどと……

もしくは、始めからすべて罠だったのだろうか。

彼女の好奇心に応えられる者を招き入れ、白紙の興味に色をつける――そんな罠。

図書館とは人の好奇心が詰まった場所だ。好奇心に憑かれた者がその渇きを満たそうとしたなら、ここより相応しい場所はないだろう。

司書の正体を確かめられなかったことが今さらながらに口惜しく、露伴は奥歯を噛みしめた。

しかし胸の内には、苛立ちとは異なる別の感情もあった。

あの司書を尊敬する想いだ。

好奇心に突き動かされる気持ちは痛いほどよくわかる。そして、人の理を超えてまでそれを追い求めるなど、並大抵の覚悟ではない。

けれどもやはり、あと一ページだけでもいいから先を読めていたら……後ろ髪を引かれる思いを断ち切れないまま、露伴はとぼとぼと歩きだした。

カウンターでは子供がふたり、本を借りようとしていた。先ほど、閑散としていた館内で〈ピンクダークの少年〉に夢中になっていた兄弟だ。

彼らも司書の好奇心に招かれ、なにかしらの解答を与えたのだろうか。ふたりが借りようとしているのは二七巻〜三六巻までの一〇冊。ずいぶんと読み進めたものだ。そして、悪くない判断だと露伴はにやりとした。どの巻も会心(かいしん)の出来だと自負しているが、そのあたりには特に見どころを詰めこんである。

貸し出しの列が空(あ)いたのを見計らい、露伴はカウンターへと近づいた。

「あら、露伴先生。お久しぶりです」

ルーズな格好の司書ではない。見知った司書の、見知った笑顔が向けられる。

露伴は彼女に尋ねようとした。あの司書のこと。栞のこと。自分はずっとこの図書館にいたのか。それとも突然現れたのか。さっきの兄弟はどこから〈ピンクダークの少年〉を持ってきたのか。疑問は尽きない。

けれど……

仮にこれらの答えが得られたとして、それを鵜呑(うの)みにして満足するのか。

ありえないと露伴は自答した。

この疑問は解かず、胸の内に秘めておこう。

いつかあの司書は、こんな疑問を抱くはずだ。

『好奇心に殺されそうになっても好奇心を捨てなかった漫画家は、どうすれば好奇心を捨てるのか』

彼女は必ずその答えを欲する。

そうして再び出会ったときこそ、読めなかった記憶に目を通してやる。

「……？　露伴先生？」

黙りこくっている露伴が気になったのか、司書が首を傾げる。

「……ああ」

露伴は喉元(のどもと)まで来ていた疑問をすべて呑みこむと、まずは今日、不完全燃焼のままになっている疑問にケリをつけることにした。

カウンターにもたれかかり、

「なあ。フグで死にかけた奴、見たことあるかい」

露伴はそう尋ねた。

検閲方程式

維羽裕介

「お待たせしました。こちらが地球外知的生命体探査（SETI）の年次報告書、それとオハイオ州立大のＷｏｗ！シグナル発見時の学術誌が三冊ありました」

「ン、ありがとう。その辺に置いといてくれ」

何十年も前に印刷された掠（かす）れ文字から目を離して、顔を上げる。

つい先ほどまで筆記用具とノートを広げていた白い机には、今や閲覧を希望した書物や雑誌が堆（うずたか）く積まれ、かろうじて本の侵食を免（まぬが）れた机の隅（すみ）にはいつの間にか淹（い）れてもらったアイスコーヒーが置かれていた。

すっかり生温（なまぬる）くなったコーヒーを一気に飲み干して、そこでようやく目の前に立っている若者が、ぼくとぼくを取り巻く書物を怪訝（けげん）そうな表情で見下ろしていることに気づいた。

「こんなにいっぱいの資料マジで使うのか？　って顔してるな。――使うんだよ。研究機関や国連が地球外文明と接触したとき、どんなふうに動くのかを知りたいんだ。リアルであればあるほど、読者は興味を持ってくれるからな」

ことの始まりは三日前に遡（さかのぼ）る。

集英社（しゆうえいしや）の編集から「未知との遭遇をテーマに」と短編執筆の依頼があったのだ。

「未知との遭遇と言っても、何でもいいんです。海底で古代遺跡を発見して探検するとか、アマゾンの熱帯雨林で新種の蝶を発見するとか。……いかがでしょう？　引き受けていただけませんか？」

　でもまあ、未知との遭遇といえば、宇宙人に決まっていた。

　依頼を引き受けた翌日、杜王町の近くにある大学の図書館を訪問することにした。杜王町の図書館にある本で興味のあるものはだいたい読んでしまったし、たまには知らない場所を訪れるのもいい気分転換になるからだ。

　冷房の効いた窓口で素性を明かして書籍を閲覧させてほしいと申し出たところ、図書館長がぼくのファンだったらしく、他の学生に邪魔されないように小会議室をひとつと、資料を探してくれる職員までつけてくれた。

　その職員は自分よりも少しばかり若い男で、近森と名乗った。

　まるで今起きたばかりのような寝癖だらけの髪型だったが、清潔そうな白いボタンダウンのシャツに、しっかりとアイロンがけされたカーキ色のチノ・パンツを履いていて、首から学生証らしきカードを下げていた。小会議室に案内されるまでに聞き取ったところによれば、彼は大学院生で、夏期休暇の期間だけ大学図書館の利用案内やサービスカウンターの業務補助を行うらしい。

　地球外文明について書かれた本や雑誌を片っ端から集めてほしいという要望を聞いた近

森は実に様々な本を用意してくれた。

子供向けの宇宙科学図鑑や世界中にある天体観測所の定期報告書、宇宙生物学や宇宙言語学についての論文、過去に地球が受信した電波信号の受信報告書、中には何語で書いてあるかもわからない古文書の写本の写本のそのまた写本みたいなものまであったが、それらを漁っているうちに、めりめりと構想が膨らんできた。

地球外文明から放たれた電波。その正体は何なのかを探るために世界中の学者が分析を試みるのだ。

オチは九パターンほど考えているが、プロットの段階で一番しっくりくるものを選んでみようと思う。

「……人類が宇宙人を探す理由って、何なんだろうな」

何気なしに呟くと、近くに佇んでいた近森が顎に手をやった。

「そうですねえ。この広い宇宙にひとりぼっちというのは寂しいから、ですかねえ。もしくは友好的な宇宙人に先進技術を分けてもらいたいとか」

「敵対的な宇宙人なら攻めこまれるぜ。それはそれで面白そうだが」

謎の電波は宇宙人の宣戦布告だったというオチはちょっと安易すぎるだろうか。

「そうですねえ」

近森は適当な相槌を打っていたが、自分も考えを整理したいだけなので、かまうことはない。

「思うに、ほとんどの人は宇宙人を探すという行為に難しい理屈なんて考えていないいんじゃあないかな」

「はあ。では、どうして？」

手元にあった地球外知的生命体探査の年次報告書をとんとんと指で叩(たた)いて、

「いるかどうか知りたいからさ。たったそれだけの好奇心だが、それを満たすために、延(の)べ五〇〇万人以上が日夜、地球外文明からの無線信号をキャッチしようとしているんだぜ。案外、好奇心ってのは金や名誉以上のインセンティブに成り得るのかもな」

「そうですねえ」

近森は興味のないことにはひたすら無関心を貫(つらぬ)く男のようだが、変に気を遣(つか)われるより、よっぽど好感が持てた。

「近森くんは宇宙人って存在すると思うかい？」

その言葉を聞いた近森はやはり「そうですねえ」と呟いて、蔵書を整理する手を止めた。

「ドレイクの方程式というものをご存じですか？」

「馬鹿にするなよ。そのくらいは知っているさ。地球外文明の数を計算するための方程式だろ？」

ドレイクの方程式は、天文学者フランク・ドレイクの考案した方程式だ。

この銀河系において惑星が生まれる確率やその惑星で生命が発生する確率、知的生命体が文明を築き、惑星間通信ができるようになった文明がどれだけ存続するのかなどの値を設定し、現在の銀河系に存在している技術文明の数を推測する。

　この方程式で重要なのは、極めて悲観的な値を入力していったとしても、ほとんどの場合、方程式の解が1以上になる点だ。1以上、それはすなわちこの銀河において、地球以外にも技術文明が存在することを示唆している。

　と、ついさっき読んだ本に書いてあった。

「正確には、我々の銀河系において人類と接触可能な地球外文明の数です。フェルミ推定の一種ですね」

　組んでいた足を下ろし、机に頬杖を突いて、読み終えた図書を積み重ねてカートに入れている近森を一瞥する。

　フェルミ推定って何だろう。

「……詳しいな」

「数学が専門ですので」

　近森は首からぶら下げている学生証を掲げた。

　プラスティックカードには「神祇院大学　大学院　理学部数学科所属　近森優斗」と記載されていた。

「数学科の学生ってどういう研究をしてるんだい？」

「子供と同じです、くる日もくる日も方程式を解いていますよ」

近森は微笑みながら、図書を満載したカートの手押しハンドルを握った。

「発表された当時からドレイクの方程式は不完全であると言われていました。先進文明が築くであろう植民惑星や、知的生命体が滅んだ惑星で新たな文明が再興する可能性を考慮していない。しかし、『宇宙人っているのかな』という好奇心を数字に置き換えて、論理的に答えを追い求めたことは大変意義深いと思います」

自分の研究分野が絡むと口が回り出すタイプか。

近森から目を離して、首の後ろに両手を回して椅子の背にもたれかかり、天井を仰ぐ。

「ま、数字で言われりゃあ誰だって理解できるからな」

「仰るとおり。普段、我々が使っている数字は、あやふやなものを我々の理解の及ぶところまで引きずり下ろす、いわば翻訳装置のようなものですからね」

そこで会話が途絶えた。

それからずっと関連資料の搬入や返却に従事してくれた近森はちらちらとこちらの様子を窺っていたが、やがて自分のノートを取り出して何らかの計算に没頭しはじめた。

手近なところにあった裏紙に簡単なプロットを書き終えて、疲れた目を指で揉みほぐす。

その場で椅子に座ったまま大きく伸びをして、

「近森くん、終わったよ。必要な情報はだいたい集めることができた」

近森は手元のノートから目を離し、その上にペンを転がした。

「それはなによりです。他に何かお手伝いできることはありますか?」

「大丈夫だ。どれ、最後くらいは自分で資料を片づけるとしよう」

椅子から立ち上がる。

我ながらびっくりするほど乱雑にばらまいた資料に手を伸ばすと、近森も慌(あわ)てて立ち上がった。

「あとは私が。露伴先生はこのまま退室していただいてけっこうですよ。窓口で入館証をご返却ください」

「そうかい、ありがとう。いろいろと助かった」

山のような資料をカートに載せて近森が会議室を出ていくのを見届けてから、身の回りのものを整理する。

プロットを書いたメモを折って手帳に挟み、筆記用具をペン入れに放りこみ、ラインマーカーを引きすぎて真っ黄色になってしまったコピー資料をダブルクリップでまとめ、その隣にあった古ぼけたノートを、
何だこれ。

机の上に残された見覚えのないノートに気づいて思わず眉根(まゆね)を寄せたが、すぐに合点が

いった。
これは近森のノートだ。
——子供と同じです、くる日もくる日も方程式を解いていますよ。
ノートを数秒ほど見つめたあと、ゆっくりと手を伸ばして、最初のページを開く。
近森の発言どおり、そこには何かの方程式がぎっしりと書きこまれていた。
もちろんそれは中学生や高校生が習うようなわかりやすいものではなかった。
数字とギリシャ文字が縦横無尽に駆け巡り、それらを理解不能な記号で煮詰めたような
それは、方程式と呼ぶよりは数学をテーマにした前衛芸術のようにすら見えた。
「………？」
そして少しばかり奇妙なことに、方程式が書かれている紙面の右半分が、乱暴にちぎら
れていた。方程式も途中で破れていたが、それが故意に破いたものなのか、近森の過失な
のかまではわからない。
次のページにもその次のページにも近森の書いたと思しき方程式が並んでいたが、ぱら
ぱらとめくっているうちに、もうひとつ奇妙なことに気づいた。
どのページに書かれている方程式も、まったく同じものだ。
自分は特別数学に長けているわけではない。だから、その方程式が何を導き出そうとし
ているのかはわからないが、どのページの上部にも同じ方程式が並び、下部に様々な注釈

が書き加えられていた。その注釈を読もうと目を凝(こ)らーー、
物音。

振り返ると、会議室の扉を開けた近森がその場に立っていた。どうやら、ぼくがノートを見ていることに気づいて立ち止まったらしい。

少しばつが悪かったが、でもまあ、バレてしまったものはしかたがない。こういうときは開き直るに限る。

開いていたノートをぱたんと閉じて近森に手渡そうと一歩近寄り、

「この方程式が君の研究課題かい？　やけに熱心に調べてーー」

「WARNING、**Avertissement**、Advertencia、تحذير、报警、**предупреждение**、**Aviso**、Warnung、警告。閲覧には権限が必要です。閲覧ニハ権限ガ必要デス」

一歩離れた。

距離を取って、息を押し殺す。肩に掛けた鞄はとっくに床(ゆか)に落とした。左手に持っていたノートを机の向こうに滑(すべ)らせてみたが、近森の視線は微動だにしない。いつでも攻撃できるように右手を身体(からだ)の前に持ってくる。

近森は動かない。

金属を想起させるような無機質な声で世界各国の言語と謎の言葉を呟いたあと、瞳がぐいと上に動いて白目を剥(む)いた。

なぜか、他の誰かに見られているような視線を感じた。

「……勝手に盗み見て悪かったよ」

なんにせよ、まずは情報収集だ。

できる限り肩身が狭そうな顔をつくって、申しわけなさそうな声をかける。

「君が具体的にどんな研究をしているのか気になったんだ。――なあ、おい！　聞いてるかい？」

目の前で指を二回鳴らすと、近森は一度だけ小さく瞬きをして、視線が戻ってきた。

「どうかしましたか？」

それはこっちの台詞（せりふ）だと思った。

一般的に言って、その日初めて出会った人間に白目を剥いてわけのわからないことを言う奴は攻撃されてもしかたがないと思う。あんな奇妙な警告を受けたらなおさらだ。

だが、警告を受けた際に感じた何者かの視線が気にかかる。

もしも誰かがこの場を見ているのだとしたら、あまりスタンドは出したくない。

「近森くん」

机の真ん中あたりまで飛んでいったノートを摑（つか）んで彼に手渡す。近森は笑顔を取り戻してそれを受け取った。

情報収集は古典的な方法に頼るとしよう。

「このノートに書かれた方程式、どんな方程式なんだ？」

そのひと言を投げかけた途端、近森の笑顔が硬直した。

「と仰いますと？」

「ドレイクの方程式は人類と接触可能な地球外文明の数を推測するものだろう？　同じように、その方程式にも役割があるはずだ。ぼくには意味不明な記号が並んでいるようにしか見えないがね」

それを聞いた近森は手にしたノートをゆっくりと自分の胸元へと引き寄せた。

しばし言い淀んだ後、言葉を選ぶように慎重な面持ちで、

「……この方程式は別次元に干渉するためのものです」

「別の次元、ねえ」

やっぱり数学なんてものを研究してる奴はちょっと変わっているのだろうかと思った。

しかし近森にも自身の発言が誤解を招く自覚はあったようで、

「別次元なんて言うと笑われてしまうかもしれませんが、今では超弦理論を包括するM理論によって別次元が存在する可能性は決して低くはないと」

「ストップストップ！　そういう難しい話は抜きにしてくれるかなあ」

「いや、すみません。つい熱くなっちゃって。学部の友人もなかなか相手をしてくれないもので」

身を乗り出さんばかりだった近森が、恥ずかしそうに頭を掻いた。お互いに微笑んだあと、

「――別次元に干渉できるのかい？」

「方程式を解くことさえできれば」

顎に手をやって、目を細める。

からかっているのだろうか？　漫画のネタにしてもらうべく、身近にあった話を面白おかしく脚色するような手合いは腐るほど見てきた。しかし、近森が適当な話をしているようには見えないし、方程式を見た際に彼が発した警告は今のところ何ひとつ解決していない。そしてなによりも、ぼくが面白そうだと感じている。

結局のところ、大事なのはそこに尽きる。

「気に入った。その方程式、よかったら取材させてくれないか？」

「しかし、今まで取材してきた地球外文明からの電波信号の話は……」

「もう宇宙はどうでもいい」

それに広義で言えば、謎の方程式を探るのも未知との遭遇だ。

近森は小さく息を吐いた後、手元のノートの表紙をぽんぽんと叩いた。

「この方程式は空間構造や物理定数などに関連した係数を用いて、別次元に干渉するための鍵となる数字を探します」

「でも、まだ解けていないんだろ？」

　近森は頷く。

「方程式を解けない理由は至極シンプルです。それはこの方程式が完璧なものではないからです」

　机に叩きつけるようにノートを開いて、そこにあった方程式の破れている箇所を指で指し示す。

「この方程式を考案したのはこの大学に在籍していた学生で、私はそれが書かれたノートを引き継いだにすぎません。そのときにはすでにノートの一部が何者かに破かれていました」

「なら、その方程式を考案したっていう学生に聞いてみちゃあどうだい？」

「方程式を解いている最中に倒れました」

　もの問いたげなぼくの視線を受けて、近森は言葉を続ける。

「倒れてからもうすぐ三年、未だに意識が戻りません。多分、その子が回復することはないでしょう。方程式の後半部分に何を当てはめれば式が成り立つのか、私は未だにそこで躓いています。でも、なんとしてもこの方程式を解きたいんです」

「数学者の情熱ってやつかい？　……言い方は悪いけど、解けないものにいくら時間を費やしてもしかたがないように思うがね」

　その言葉を聞いた近森は一瞬硬直したあと、ゆっくりと首を振った。

「倒れたのは、私の恋人なんです」

それきり近森は黙りこんだ。

その様子を見て、残念なことに心が一気に冷めていくのを感じた。

「……なるほど」

取材したいと言い出したのはぼくだ。

だからあえて言及することはできないが、正直言って、この話は少しばかり胡散臭い。

別次元に干渉できるという方程式の話は面白かったが、その方程式の一部が何者かに破かれて？　自分の恋人が倒れて？　今も解けない？　だいたい、そんなプライベートな話を初対面の人間にぺらぺら喋るか普通？

近森はぼくをじっと見つめている。

彼を見返して、思慮深く頷く振りをして、肩掛け鞄に筆記用具やメモを突っこんだ。

「面白い方程式だ。家に帰って短編に成り得るか、プロットを練ってみよう。今日はありがとう。いろいろと助かったよ」

「――もう長くないんです」

近森の口から滲み出るように出てきたその言葉は、帰り支度を始めたぼくの動きを止めるだけの気迫があった。

「医者も匙を投げました。彼女は少しずつ衰えて、いつ何が起きてもおかしくないと言われています。だったら、せめて、彼女の無念を晴らしてやりたい」

近森の言葉には重みがあった。

彼が過ごしてきたであろう、なすすべのない三年間の質量が。

「私が露伴先生にこの話をしたのは、この方程式が広まることで、解くための手がかりが集まるのではないかと考えたからです」

肩に掛けたばかりの鞄を机に置いて腕を組む。

彼を調べるまでもないだろう。

この世の中、初対面で信用できる人間はそう多くはない。だが、利害の一致している相手は数少ない例外のひとつだと思う。

「いかがでしょう？　この方程式を短編に使ってもらえませんか？」

結果には必ず何らかの原因がある。

近森の恋人が方程式を解いている最中に倒れたのには、何か理由があるはずだ。自分の心の中で、好奇心が音を立ててわきたつのがはっきりとわかった。

やはり好奇心というやつは、金や名誉以上のインセンティブに成り得るのかもしれない。

真剣な表情でこちらを見返す近森の瞳をしっかりと覗きこんで、ゆっくりと頷く。

「約束しよう。それにしても……、君を取り巻く不運には同情するよ。本当にヒドい話だ。胸が痛むよ。三年間か、そんなに長く恋人を想い続け、彼女の無念を晴らしたい一心で方程式に取り組む君の心中は察するに余りある。ぼくにできることがあったらいつでも言ってほしい。――ところでこれは単なる好奇心なんだが、君の恋人が入院している病院はどこだい？」

　近森は明らかに困惑していた。

「……申しわけないのですが、それはちょっと」

　誰かに見られているような気配はすっかり失せていた。

「いいよいいよ。それもそうだ。初対面の人間に恋人が入院している病院を教えちゃあいけないいな。それじゃあ、この右手をちょっと見てくれるかな？」

快く情報を提供してくれた近森に別れを告げ、近森の恋人が入院している病院を訪れたのは午後五時頃だったと記憶している。
　四階のナースステーションで面会カードを受け取って、ついでにステーション内部に貼られたこの階の入院患者一覧表から彼女の名前を探すと、そこには赤い磁石で印がつけられていた。
　指でカードホルダーのストラップをくるくる回しながら彼女の病室に向かって歩く。

病院の廊下は、えも言われぬ寂寥感に包まれていて、医療器具を満載したストレッチャーの脇を通り過ぎる瞬間、病院特有のクレゾール石鹸液の臭いが鼻を突いた。

——近森の記憶は改竄しておいた。

この病院で鉢合わせしてしまったら面倒なので、彼の脳内では今朝から図書館のサービスカウンターで業務にあたっていたことになっている。

目当ての病室を見つけ、手すりに掛けてあるアルコールで手を消毒してから病室の扉を引く。

資産家の娘なのだろうか、三年間も入院しているというのに病室は個室だった。

白いベッドに横たわる女性を一瞥する。

意識不明、自発呼吸あり。大学生くらいの年頃。近森の情報どおりだ。

壁際にあった淡い緑色の丸いスツールを引っ張って、ベッドの横に座る。ベッド脇の棚に置かれた花瓶には、瑞々しい黄色のガーベラが生けられていた。

右手でスタンドを発動する。

彼女の痩けた頰が積層状に変化していく。ゆっくりと息を吐いて、薄く剝がれたページを指でなぞり、一枚目をめくる。

幼少期の記憶から、じっくりと。

興奮、不快、快、驚、好奇心、緊張、安心、不安、恐怖、広い家、吹き抜けの天井、大きな飼い犬、鼻をくすぐるヒノキの芳香、本に囲まれた書斎、小学生のときに親の都合で転勤して友人と離れ離れになった寂しさと無力感、中学生のときに経験したほろ苦い初恋の思い出、高校生のときに体育祭を終えて砂まみれのまま参加した打ち上げ、大学生のときに近森との初デートでなぜか釣り堀に連れていかれてびっくりしたこと。

――自分のスタンド、「ヘブンズ・ドアー」の真髄はここにあると思っている。

人は自らの人生しか経験することはできないが、自分は「本」というかたちで他人の人生を追体験し、ものごとをより深く、多面的に、客観的に、捉えることができる。

それらはすべて岸辺露伴という一個人に入力され、好奇心で咀嚼し、想像力で呑みこんで、知恵と技術と創造力で物語は再構築され、最終的には漫画というかたちで出力されるのだ。

彼女の頬のページに初めて「方程式」という文字が現れたのを見て、手を止める。

時期は大学三年生の初秋、これは近森の話とも合致する。そして再び頬に触れた瞬間、

「――っ」

誰かの視線。

思わず顔を上げて、病室の扉のほうへと視線を向ける。

扉は閉まったままだった。

動悸が治まらない心臓を落ち着かせるために、大きく深呼吸を繰り返す。

まるで、教科書の読む段落を間違えたときに一斉にクラスメイトの視線が集中するような、生々しい錯覚だった。ほんの一瞬の出来事だったのに冷や汗が吹き出て、ヘアバンドが湿っているのを感じる。

再び彼女の頬に指をすべらせると、背後からじっと見つめられているような感覚が襲ってきた。

咄嗟に振り向いたが、自分の背後には大きな窓ガラスがあるだけだ。

夏の青黒い空の下には閑静な住宅街が広がり、ちょうど真っ正面のあたりに高い看板を掲げたオーソンが見えるが、当然誰かが自分を見返しているはずもない。コンビニには夏休みを謳歌している子供が三人、自転車の横でアイスを食べていた。

再びページに目を落とし、背中がむずむずするような視線の感覚を無理矢理ねじ伏せる。

そして、彼女の頬のページをめくった。


――大学図書館の新設に伴い、古い図書館の文献を研究室に運んでいた私は、図書館の棚と棚の隙間で分厚い埃を被った手記を見つけた。それは、かつてこの大学に在籍していた物理学者の手記で、そこには、別次元に干渉するためのアイデアが記録されていた。

これだ。

椅子に座り直し、再び彼女の頰のページをめくる。

私は文献を運ぶのも忘れて、大学のカフェテリアに入り、その手記に夢中になった。

そこに記録されていたアイデアを元にして組み立てた方程式は、三次元という制約を課せられた私たちでも、幾つかの数学的問題を解決すれば物理法則の異なる空間にアクセスできる可能性を示唆（しさ）していた。

幾つかの数学的問題。それは大きく分けて三つあった。

ひとつ目、定数がわからない。

定数とは、常に揺れ動く方程式のなかで、唯一変化しない錨（いかり）のような数字だ。定数がわからなければ方程式を解くことはできない。

この方程式では、解いた答えを次の方程式の定数に代入し、それを延々と繰り返す。その答えは一桁（けた）のときもあれば、七桁のときもあった。つまりひとつずつ計算していく以外の方法はない。ひとつの数字を検証するには一五分ほどかかった。

ふたつ目、コンピューターによる演算は意味を成さない。

理論上、考えられる定数は４次元の11乗である四一九万四三〇四通りだ。

たとえ一〇〇億通りの計算があったとしても、コンピューターに計算させればお茶を飲んでいる間に演算は終わる。しかし、実際にはコンピューターの演算はいつまで経っても終わらず、まるで円周率のように永遠に続くように思えた。この方程式は、ただ解けばいいというものではないのだと、私は悟った。

これは少しばかり厄介だった。

解いた答えを次の方程式の定数に代入し、それを延々と繰り返す。

つまり、この方程式は一度に一回しか解くことができないのだ。故に、四一九万四三〇四人がいれば一度の計算で終わるという人海戦術を採ることはできない。

そして三つ目、誰かが私を見ている。

この方程式の原型を思いついたその瞬間から今に至るまで、ずっと誰かに見られている気配を感じている。この気配は、計算に取り組むと徐々に強くなっているが、これは解に近づいている証拠ではないかと私は考えた。この感覚は、方程式を計算するにあたって唯一変化するものだからだ。

この感覚が臨界点に到達したとき、何かが起きる。

それがこの方程式の本当の解なのだ。

もちろんコンピューターなしで四二〇万近い計算を行うのは不可能に近い。私は教授や友人に助力を要請したが、別次元への干渉など馬鹿馬鹿しいと取り合ってもらえなかった。

だが、私は諦めなかった。

そこでいったん、手を止めた。

ヘブンズ・ドアーが読み取る記憶は通常、事実の羅列にすぎないが、彼女の方程式にまつわる記憶は異様にこと細かく、かつわかりやすく書かれていた。彼女の中で、この記憶がそれだけ印象深いものなのかもしれない。

近くに紙がなかったので、自分の二の腕をメモ代わりにペンで計算していく。

一時間に四つの数字を代入することができて、仮に一日八時間作業を行い、それを三六五日続けたとしても一年で代入できる数字は一万一六八〇。このペースでは、すべての数字を計算し終えるまでに三六〇年ほどかかってしまう。

今も背中に突き刺さるような視線を無視するように努めて、彼女の頬に触れる。

では彼女がどのようにして諦めなかったのかを調べてみよう。

私はこう考えた。

物理学者のアイデアを拝借したとはいえ、たかが自分如(ごと)きに思いつく方程式が、世界で初めて発見されたものだとは考えにくい。必ず先人がいるはずだと。

その想像は正しかった。

細心の注意を払ってみれば、オランダ語に翻訳されたターヘル・アナトミアの欄外に、メトロポリタン美術館に収蔵されているモネの絵画の青空に、ベルリンの壁崩壊（ほうかい）のテレビ中継で誰かが掲げていたプラカードに、アメリカ同時多発テロ翌日の新聞の広告欄に、何年か前の紅白歌合戦のオープニング映像に、世界中のいたるところでその痕跡（こんせき）を見つけることができた。そこに残された日付と定数は、単なる数字の羅列（られつ）にしか見えないが、誰かの人生を賭（と）した研究成果なのだ。

方程式を解き明かす。

そのために何百年にもわたって受け継がれてきた、人力の総当たり攻撃（ブルートフォース）。

同じ時間を共有していなくとも、私は独りぼっちではないのだ。

ページをめくる手を止めて、ペットボトルのミネラルウォーターに手を伸ばす。汗を掻いているペットボトルのキャップを回して中身を喉（のど）に注（そそ）ぎこむと、冷水が胃の中に落ちていく感覚が気持ちよかった。

——おそらく、こういうことなのだ。

この方程式に辿り着いた者は、きっと先人も同じ考えに至り、どこかにその足跡を残しているはずだと推測する。

だから、まずは研究成果を調査するのだ。

そして注意深く探してみると、世界中の至るところに「何年何月何日にここまで計算した」という手がかりが残されている。そして最も新しい日付の数字を受け継いで、研究者はその次の数字を代入していく。

自ら後継者を見つける必要はないし、計算したことを誰かに伝える必要もない。この方程式に価値を見出した者だけが、後継者たりえるのだ。

この方程式を解き明かしたとき、何が起きるのか。その好奇心だけが、彼女らを突き動かしていた。

彼女の頬の残りページは少なくなっていた。

方程式を計算しはじめてから二年が経ったころ、私は日常生活に支障が出るほど、誰かに見られている感覚に悩まされていた。

背後で息を潜（ひそ）めているような感覚に耐えきれず、できるだけ壁に背をつけるようになった。夜中にひとりで道を歩くことができなくなって、寮には友人と帰るようになった。少しだけ開いているドアやカーテンの隙間がたまらなく嫌（いや）になった。

だが、それらは解に近づいている証（あかし）でもあった。

おそらく次か、その次の数字が定数（ピース）だという実感があった。

それに気づいた瞬間、私はこれまで解き明かそうとしてきた方程式に底知れぬ恐怖を覚えた。

この視線は我が子を慈しむ視線と言うよりは、犯罪を咎める非難のそれに近い。それが何を意味するのかわからないほど、私は愚かではなかった。

私はつき合っている男性に事情を説明しておくべきか悩んだが、結局止めておいた。方程式を解いた際に何が起こるのかわからない以上、不要な情報を残すことは残酷に思えたからだ。

以前、方程式についての詳細を一時間にわたって語り尽くしたところを動画として撮影したことがあった。ここまで語れば誰でも方程式を理解できるだろうと自負していたが、いざ動画を見返したら、延々と英語やスペイン語、アラビア語などで警告を発している自分の姿が——私は日本語と英語と大学で受講した人工言語以外は挨拶程度しか使えないのに——記録されていた。

別の日には方程式を記録したノートを開いたまま、わざと研究室に放置してみたこともある。しかし、誰ひとりとしてこの方程式を文字媒体として認識することができなかった。さらに興味深いことに、方程式の一部が欠損した状態であれば、残りの部分は人々に認識されるようであった。

これらはおそらく方程式があまねく知られていない理由であり、まるで方程式そのものが解かれることを拒んでいるかのような現象だった。

——だからこそ、私は手を止めることができなかった。

過去五〇〇余年にわたって方程式を解き明かすために知恵を振り絞った先人たちの執念を無碍にはできないし、なによりも私自身が、この方程式を解くと何が起きるのかを知りたかった。

好奇心はヒトをヒトたらしめる根源的欲求だ。

私は自身の研究成果をありとあらゆるところに残した。国内外の知人にも頼んで文字どおり世界中に、私の見つけた定数に一〇〇を足して。

こうすれば、次に方程式を解こうとする者は、間違った定数で検証するから、方程式を解くことができなくなるはずだ。これまでの歴史や伝統を悪用するようで気が引けたが、もしも方程式を解いて何も起きなければ、改めて事実を公表すればいい。

それに、たとえ私に何かが起きたとしても、遠い未来ならこの方程式を解くことができるかもしれない。

ページをめくるごとに、背中の視線が増えていくのを感じる。

視線はもはや物理的質量を伴っていたが、震える指は止まらない。

残りはほんの数ページなのだ。

――その日、私は定数を代入して方程式を解き明かした。

定数は３２８６７６４だった。複雑な計算を経た後、解はＤ＝37を指し示した。定数も解も、数字そのものに意味はない。大事なのはこれから何が起きるかだ。

途端に二年間悩まされてきた視線が失われていることに気づいた。

一体全体、このあとに何が起きるのか。

私は椅子に座ったまま身がまえていた。時計の時刻は午前二時一七分。研究室には他に人はいない。空調設備とコンピューターの稼働音以外何も聞こえないこの部屋で、目を瞑って三分ほど待ち続けていただろうか。

ゆっくりと目蓋を開く。

目の前にはパソコンのディスプレイがあって、そこには自分の打ちこんだ方程式と解が表示されているままだった。

私は大きな溜め息を吐いて天を仰いだ。

すっかり拍子抜けしてしまった。

明日もう一度同じことを試してみて、それでも何も起きなければ諦めよう。

私の二年間は壮大な時間の無駄だったのかもしれないという心配はしていなかった。

「それでは大学生活で一番頑張ったことを教えてもらえますか？」

「はい。私はとある方程式を発見し、それに取り組みました。それは世界中で研究が続けられてきたもので、私が引き継いだものです」

うん、これはこれで就職面接のいいネタになりそうだ。

元気よく椅子から下りて、パソコンの電源を切って、本や講義で使う資料がぎゅうぎゅうに詰めこまれているリュックサックを背負って、研究室の扉の前で立ち止まった。扉に貼ってある入退室管理表に自分の名前と退室時間を書かなくてはならないのだ。

壁掛け時計を一瞥する。

時刻は午前二時二六分。

私は退室時間の欄に０２２６と書いて、氏名の欄に７８６６１９４と書いた。

見間違いかと思った。

しかし、何度見直しても私の名前は数字の羅列になっていた。

——誰かが後ろに立っている。

明らかな実体を伴っている感覚に、私は小さな悲鳴を上げながら反射的に振り向いた。

誰もいない。

しかし、私の周囲を取り巻くすべての文字が数字に変わっていた。

書架に押しこまれている図書の背表紙の文字が、床に散らばったプリントに印刷されている文字が、ディスプレイに表示されているシャットダウン画面の文字が、誰かが学食から奪ってきた「冷やし中華始めました」の張り紙が、さっきまで飲んでいたペットボトルの烏龍茶（ウーロン）のラベルが、壁に貼られた第八回研究室バーベキュー大会のお知らせが、無機質な数字の羅列に変わっていく。

そのすべての数字が一斉に「5」に変わった瞬間、身の毛がよだつような不安が身体中を這いずり回り、さらに数字が「4」に変わった瞬間、それは確信に変わった。たび重なる警告の視線を受けたあとでのカウントダウン。

このカウントダウンが0になった瞬間、何かが起きる。

私は爆発的な鼓動に動かされて、机に置きっぱなしにしていたノートに飛びついた。誰かに見られる前に、この方程式を抹消（まっしょう）しなくてはならない。正確には方程式に至った物理学者のアイデアを。

ノートの最初のページには方程式と、その周囲に様々な注釈を書きこんでいたが、それらもすべて無意味な数字に変わっていた。

最初のページに書き記した方程式を破り取ろうとしたが、震えが治まらない手で切り取れたのは方程式の後ろ半分と物理学者の残したアイデアだけだった。しかし、物理学者のアイデアが失われれば、誰かが方程式を解くことはないだろう。

すべてが3になる。

あと三秒。この研究室を脱出することもできない時間だ。

研究室のシュレッダーは自分の位置からちょうど部屋の対角線上にある。研究ノートをシュレッダーにかける時間はない。

つまり、今すぐこの場でこの紙切れを処分しなくてはならないのだ。

自分の周囲にあるものはパソコン、ディスプレイ、縦横無尽に伸びるケーブル、烏龍茶が半分入ったペットボトル、私のリュックサック、床に散らばっている書類の山、木製の机、書類の山、ゴミ箱、

――ゴミ箱に捨てる？

駄目(だめ)だ。私がどうなるのかはわからないが、事件になったらゴミ箱の中身も探されるに違いない。

書類の山に紛れこませる？

木を隠すなら森の中。そんなのは誰だってわかっている。でも、机に置かれた私の研究ノートが破かれていたらその紙切れを探すのは当たり前だろう。

火で燃やす？

ああもう、高校時代に煙草(たばこ)やめるんじゃなかった。

違う。違う視点で考えろ、重要なのは紙切れじゃない。そこに書かれた文字なのだ。ペンで書いた文字を消すには――、
すべてが2になる。

咄嗟(とっさ)に烏龍茶の入ったペットボトルを手に取った。親指ではじくようにキャップを外し、

中身を紙切れにぶちまける。

記憶はない。こんなに大事なものなら油性ペンで書いたような気がする。だが、もしもこれが水性ペンで書かれたものなら、滲んで読めなくなるかもしれない。

しかしもちろん、ペンのインクは油性だった。

呆然としながら烏龍茶で濡れた紙切れを見つめる。残された時間はほとんどない。ここから動かずにこの紙切れの情報を抹消することなんて、もう——、

すべてが1になる。

あった。ひとつだけ、調べられる可能性の低い場所が。

私はちぎった紙切れを急いで丸めて、口の中に放りこんだ。そして風邪薬のカプセルを飲みこむように勢いよく喉を動かした。湿った紙が喉に僅かに貼りつきながらも胃のほうへ落ちていくのを感じる。

これでもう安心だ。この方程式は、きっと技術的特異点を迎えることができれば、そこまで科学技術が発展すれば解くことが——、あなたは誰?

すべてが0になる。

思わず次のページをめくろうと指を走らせたが、ページはそこで途切れていた。同時にこれまで感じていた、誰かに見られている感覚が失せているのを感じた。

どうりで方程式の断片が見つからないわけだ。いくら近森と言えど、彼女の胃の中までは探せないだろう。

穏やかに眠る彼女をじっと見つめる。

好奇心はヒトをヒトたらしめる根源的欲求、彼女はいいことを言った。

少なくともぼくの根源的欲求はまだ満たされていない。

この方程式にはまだ謎が多く残されている。

どうして彼女は数字に襲われたのか？　あれは方程式を解いた者に降りかかる呪いみたいなものなのか？　方程式を解き明かせば別の次元に干渉できるのではなかった6か？

そしてなにより――、
彼女は最後に誰を見9のか？

方程式を解いた者の意識が別の次元に飛んでしまうのか、新しい概念に脳がオーバーヒ1トを起こすのか、いずれも定かではない。しかし、この方程式は明らかに1思議な力を秘め8いるもので、な27？　頭に664291、

――誰かの視線。

ひとつじゃない。

部屋の至るとこ3から覗きこまれているような圧迫感。そしてそれ4りも強く、背後に誰かが立っている感覚があ84。

今まで座っ６いた椅子を蹴飛ばしながら立ち上がる。

先手必勝だ。ぼくは後手に回ると圧倒的に不利５なる。

右腕を振り払う反動で腰を捻り、スタ０ドの発動、振９向２ざまに一発叩きこんで——、
そこには誰もいなかった。

それと同時に先ほどまで頭の中を蝕んでいた数字が綺麗さっぱり消えていることに気づいたが、それが好転の兆しであるとは思えなかった。

眼下に広がる閑静な住宅街の真っ正面に建っているオーソンの看板の英文字が「０４５２１」に変わっていたからだ。

慌てて振り返り彼女の頬のページを遡ると、すべての文字が数字の羅列に変わっていた。

そして、その数字が一斉に５に変わった。

「——ああ、クソ！」

彼女の記憶を読んだからか？

方程式の解明を追体験してしまったから、彼女と同じ現象がぼくにも発動したのか？

すべてが４になる。

何者かがすぐ近くで息を潜めているのがはっきりとわかる。だが、後ろを振り向いても誰もいないだろうし、そんなことに貴重な時間を費やしたくない。耳元でどくんと脈打つ音がした。叫びたくなるような焦燥に汗が噴き出る。

視界が揺らぐ。

目の前の光景が変わり、そのたびに少しずつ色彩が失われていくのを感じる。

住んでいる杜王町、集英社のある神保町、何度か墓まいりに行った国見峠霊園、ヴェネツィアでスケッチした溜め息橋、うす暗い民家の小さなベッド、どこかの大学の講義室、祖父母が営んでいた旅館の廊下、満天の星空。

その光景の変化に、なんらかの相関性があるようには見えない。

すべてが3になる。

一秒だ。

死ぬほど貴重な一秒で、この状況を整理しよう。

ぼくの目的は、この方程式を解明することだ。

このまま意識を失っては近森の恋人の二の舞になってしまう。おまけに方程式の情報を得ることもできない。

では、方程式を解明するにはどうすればいい？

誰を倒せばこの現象を回避できる？　誰を倒せばこの方程式について知ることができる？　倒すべき相手はどこにいる？　そもそも、この現象に、敵と呼べるものがいるのか？

すべてが2になる。

——いた。

意識が途絶える一瞬、彼女は誰かを見たのだ。

誰を見たのかはわからない。

だが、ぼくの目の前にもそいつが現れるとしたら、そいつがこの方程式の呪いを仕組んでいるのだとしたら、まだ好機は残っている。

書きこむ文字はもう決まった。「正体を明かせ」だ。勝負はたった一秒。だが、ぼくならできる。一発喰らわせてやる。

足下を支えていた床の感覚が忽然と失せる。

耳元で風が唸り、内臓が浮いて口から迫り出しそうになる。落ちる感覚が無限大になったところで――、
すべてが1になる。

真っ暗だ。

どこかから水のせせらぎが聞こえる。鎖が擦れる音が聞こえ、噎せ返るような濃い緑の匂いが鼻を突いた。いつでも発声できるように口を開くと、粘ついた涎が口腔で糸を引いた。乗り物酔いのような感覚に胃の中のものが逆流する。

背中に生暖かい風を感じる。振り返ろうと頭で思っても、まるでコマ送りの動画のように身体はゆっくりとしか動かない。

振り返ったその先の、無限に広がる暗がりの中に、誰かが立っていた。

男か女か、そもそも人間なのかどうかもわからない。そいつの周囲に僅かな燐光が見て取れる。背丈は自分と同じくらいか、服装は暗くてよく見えない。肌はやや青白く、虹彩は黒い。どこの国の者とも知れない顔立ちをしている。両腕は敵意がないことを示すかのように、だらりと垂れ下がっていた。

自分の脳は、なぜかそいつの立ち居振る舞いに、数学的な美を感じた。

「ヘブンズ・ドア――――ッ！」

言葉を発するよりも早く、右腕がしなった。

放った文字は、何者かの腕にたしかに命中したが、そこに書かれた「628743」という数字は、スタンドとしての効力をなんら有していなかった。

崩れかける意識の中で、たしかに見た。

目の前に佇む何者かは、無意味な命令が書かれた左腕を上げて、にっこり笑った口元に人差し指を立てていた。

すべてが0になる。

そこで意識が途切れた。

「――ッはァー！」

最初に目に飛びこんできたのはベッドの下に落ちていた髪の毛混じりの埃だった。倒れた際に顎を強打したらしく、口の中が少しじんじんした。

その場で寝返りを打って、手と膝を使ってゆっくりと立ち上がる。

左手につけた腕時計を一瞥する。

「……倒れてから、二分ってところか」

腕時計の左側には「方程式の解を知ったら一〇分後に忘れる」という文字が書かれている。

近森の恋人の記憶を読んでいる途中で、方程式を解くのに必要な時間を計算したついでに書きこんでおいたものだ。

「しかし危なかったな。予防策を張っていなかったら、数字しか書けなくなっていた」

ヘブンズ・ドアーは後手に回ると圧倒的に不利になるが、逆もまた然りだ。事前に集めた情報が生死を分けるという事態は過去に何度も経験してきた。

倒れたときに巻き添えを食らってしまった椅子を戻し、汗に濡れて乱れた前髪の隙間から眠っている彼女を見下ろす。

この方程式の呪いは解を知ることで発動する。

方程式そのものに意思はないのだから、そういう意味では呪いという表現は適切ではないのかもしれないが。

この一連の現象に、敵意はない。

りんごが地面に落ちるように、沸騰した水が水蒸気に変わるように、これは単なる物理現象にすぎないのだ。

「……帰るか」

床に置いていた肩掛け鞄を手に取り、眠っている彼女の頬にスタンドで触れる。

方程式についての記述がある数十ページをまとめて破って鞄にしまい、指を回してスタンドを解除する。

数秒待つ。

彼女がゆっくりと身動ぎし、口から声が漏れ、瞼がうっすらと動きはじめるのを見届けてから、ベッド脇にあるナースコールを押して病室を出る。

面会カードを返却してから昇降ボタンを押して待っていると、間の抜けた電子音がしてエレベーターが開き、ひとりの若者が降りてきた。

近森だった。

昼間に会ったときと何ら変わらない服装だが、手には黄色いガーベラの束を抱えていた。

昼間の記憶を失った近森はもちろん自分に気づかない。

道を譲ると、近森は小さく礼をして浮かない顔で歩きはじめた。

停まっていたエレベーターに乗りこんで、踵を軸にしてくるりと反転する。一階のボタンを押すついでに、背を向けている近森の首元に「方程式のことを忘れる」と書きこむ。文句も言わずに資料探しを手伝ってくれた礼くらいにはなるだろう。

近森はノックをしないで恋人の病室に入っていく。

エレベーターが閉まる直前、病室の中から近森の大声が聞こえ、ナースステーションにいる看護師たちが一斉に立ち上がったのがわかった。

帰りの電車は帰宅の途に就く社会人でそこそこ混んでいた。

運良くドア付近にある座席の仕切り板に背中を預けることができたので、身体に泥が詰まったような疲労感を押し出すようにゆっくりと大きく息を吐く。

ぼくはここが好きだ。

とても落ち着く。

まだほのかに青い夜空には白い雲がうっすらと浮かんでいて、幾本もの黒い線を紡いだ巨大な鉄塔が山の尾根の向こう側まで等間隔に続いているのが見える。街灯や広告を照らす電球は光の線に変わり、住宅街の疎らな灯りに不思議な郷愁を覚える。最後に誰かと夕食を食べたのはいつだろうかと、ふと思った。

車窓から見える真っ暗な霊園を眺めながら、方程式について思いを巡らせる。見られている感覚。

あれは一種の警告だろう。

サバンナのシマウマを凝視するものは捕食者しかいない。自分が誰かから獲物として狙われている可能性を、僅かな違和感から推察して脳が発する防衛反応。それは人類が被食者だった頃の名残だ。

『間もなく杜王。お出口は右側です。出入り口付近の方はドアの開閉にご注意ください』

近森の恋人はあの方程式について「技術的特異点(シンギュラリティ)を迎えることができれば解ける」と述懐していた。

技術的特異点。

人工知能(AI)が人類の能力を上回るっていう技術革新のことだったたか。たしかに自由意思を持つ人工知能なら、あの方程式を安全に解き明かすことができるのかもしれない。いずれにせよ、あの方程式はまだ人類が触れてはいけないものだ。

今後、あの方程式の真実を知る者はぼくだけになる。それはきっと良いことだろう。あの方程式の解がインターネット上に拡散したら、人類はあっさり滅亡するかもしれないのだから。

Gペンを模したイヤリングが揺れる。

電車のブレーキの駆動を感じる。

今でもはっきりと脳裏に焼きついている。

あの瞬間、境界を一歩踏み越えた感覚がたしかにあった。

方程式を解き明かした際に人類が得られる新たな物理法則は、科学が発展した遠い未来でないと制御できないものなのかもしれない。

だからこそ、何者かが、あの方程式を検閲しているのだ。

『杜王、杜王。ご乗車ありがとうございました』

車内のアナウンスを背に受けて、杜王駅のホームに降り立つ。

夏の夜風が、汗ばんだ肌に心地良かった。

オカミサマ

北國ばらっど

〈時は金なり〉。

そういう言葉がある。

もともとはアメリカ合衆国の政治家、ベンジャミン・フランクリンの言葉で、端的に言えば「時間とは金の如く貴重なもので、無駄に浪費しないように」という戒めだ。外来の格言でありながら、現代日本人の文化によく馴染んでいる。

この言葉は、〈時〉よりまず〈金〉に重きを置いている。

〈あの人はまるで女神のようだ〉とか、〈これはまさにぼくの宝物だ〉とか、人や物を他のものでポジティブに例えるとき、〈例えられる側のもの〉は〈価値あるもの〉だという前提がある。

だから、〈時〉が大事だという例えに使われている以上、〈金〉は言うまでもなく大事だ、という話。

現代日本に生きているならば、根づいていて当然の価値感覚だ。

ただ……そういう価値感覚が、自身の顧客である人気漫画家、岸辺露伴に根づいているとは、坂ノ上誠子にはどうしても、思えなかった。

岸辺露伴の顧問税理士である、坂ノ上誠子には。

「たまにね、考えるの。露伴先生………」

「何？」

「貴方って、もしかして実は、どこか、遠い国で生まれた王子様なんじゃあないか、とか。でなければ、実家が大財閥で、丸の内に自由にできるビルが三つくらいあるんじゃあないか、とか」

「ユニークな想像だ………ぼくがそーゆー育ちに見えるのか？」

「見えないわね。眼鏡は新調したばかりだけど、そうは見えない」

「じゃあなんだい、今の話は」

「〈金銭感覚〉の話よ、露伴先生」

〈オロビアンコ・ルニーク〉のボールペンの、クリップ部分でこめかみを擦る。それが、誠子の〈不機嫌のサイン〉。

三三歳。女性としても大人としてもある種の〈成熟期〉にある誠子が行うその仕草は、ネガティブなものであっても絵になった。

ここは、坂ノ上税理士事務所。杜王町の外れで、ぶどうヶ丘高校と杜王霊園の間のあたり。入り組んだ住宅街の一軒家で、ひっそりと営業している。

敏腕と言っていい。公認会計士や、行政書士の資格まで有しているのだが、全然有名とかではなくって、働いているのも誠子ひとりだ。

しかし、ある一定の客層から需要があって、例えばスポーツ選手だとか、フリーランスのライターだとか、岸辺露伴のような漫画家だとか、そういう人間に贔屓にされている。

誠子は客を選ぶ。

収入で選んでいるのではなく、〈才能〉で選んでいる。肉体的、頭脳的、芸術的、さまざまではあるが、とにかく……〈才能ある人間〉。

ひとつの非凡な才能に特化した人間は、金銭管理にまで頭が回らないことが多い。それは歴史が証明していることだ。

末永く文化史に名を遺すような人間の〈可能性〉が、金銭的無頓着から埋もれてしまわぬように、あるいは破滅してしまわぬように。知見をもってアドバイスし、助けとなる。

〈才能の保護者〉。

それが坂ノ上誠子の在り方で、誇りだ。

露伴は二〇歳の頃、取材を行った、杜王町在住のとある彫刻家から紹介された。漫画家は個人事業主なのだから、会計、税務のプロと知りあっておいたほうがいい、と言われて。

そういうわけで、露伴と誠子のつき合いはそれなりに長い。

誠子もまた、露伴のような芸術家気質の人間を、何人も見てきた。偏屈な客とのつき合い方には、慣れているはずだった。だが……岸辺露伴という人間は、たびたび、誠子の常識と忍耐、その許容範囲を飛び越える。

だからこその〈不機嫌のサイン〉。

よくあることではあるのだが……今回の原因は、明白だった。

「ねえ露伴先生……改めて言わせてもらうけど、貴方に必要なのは〈金銭感覚〉」

「ぼくに〈金銭感覚〉がないって？」

いかにも心外だ、という顔を、露伴はしてみせた。

その表情に少しカチンときて、誠子は下腹部のあたりが痛む気がした。慢性的な持病の膀胱炎（ぼうこうえん）の、いくつかの原因は、仕事上のストレスであると感じていた。

「庶民的なやつ。もっと……常識的な。例えば……カメユーデパートの〈スタンプ〉をせっせと集めたり……〈イタリア料理店のリゾット〉とかでなく、〈チェーン店の牛丼〉とかをランチにしたり……〈ホテル上階のスポーツジム〉じゃなくて〈近所の公園〉でジョギングするような……貴方に必要なのは〈それ〉」

「べつに、贅沢な生活を楽しみたくってしてたワケじゃあないさ。美味（うま）い料理を食べなくちゃ、美味い料理を食べた〈感動〉は描けない……。彩り多い日常生活は感性を豊かにする。それが金の必要な生活だってことは〈わかっている〉し、無理のある範囲で続けるつもりはないよ」

「わかってない。小学生が〈宿題やれ〉って言われたときの〈ハァーイ、今やろうと思ってたとこォ――〉って返事くらい、私はその〈わかっている〉を信用できない」

「あのねェ～～～～～～～」

頑なに言われれば、露伴も面白い気はしない。

事務机をふたつ並べて作った、来客用のデスクを挟んで、露伴は誠子に反論を述べた。

「べつにぼくだって、金を湯水のように使おうと思っているわけじゃあない。金銭は大切だよ。〈すべて〉じゃあないけど、社会では〈絶対〉。プロとして仕事しているんだから、対価として貰っている賃金が、軽いものじゃあないことくらいわかってる。そのうえで、使える範囲で〈必要〉だと思った金は使う……それじゃあ〈常識〉的にはダメか？」

「〈常識〉的に考えて、〈必要〉だからって〈取材のために山六つ買う〉感覚はダメって言ってんのッ!!」

正直なところ、誠子はその時点ですでに〈キレ〉ていた。

それがわかっていたので、露伴は目の前から突然〈投擲〉されたボールペン〉を、かろうじて避けることができた。

露伴の背後の壁に、ボールペンはダーツのように突き刺さる。直撃していたら、頬に〈パンチ穴〉が開いていただろう。ゾッとするのは確かだったが……誠子が〈キレている〉ところを見るのは初めてではない。

もともとヒステリックな気質なのは確かだ。それに加えて、画家であった父の金銭管理がずさんで、才能を活かせず破産した過去がトラウマになっているのだそうだ。

〈才能の保護者〉を始めたのも、そんな過去が関わっている。同情できない、とは言わないが……そんな過去と露伴とは関係ないし、反論もしたかったので、露伴は引き下がらなかった。

「だからさッ！　言っただろ？　〈妖怪伝説〉の取材でェ――」

「舞台にする山にリゾート会社が道路通そうとしたから、周りの山を買って止めたのよねェ――ッ！　ええ、知ってる。私の耳がブッ壊れたのかと思って、貴方が買った山の数だけ聞き直したからねェ――ッ！　でもね、それハッキリ言って頭ブッ飛んだビチグソのやることだからッ！　どこの世界に〈取材費〉で〈破産〉する漫画家がいるのよッ！」

「〈この世界〉以外のどこかの世界……例えば〈となりの世界〉とか、そういうのがあるなら実際興味深いところだ……。少なくとも、〈この世界〉にはここにひとりいるし、ぼくは……それは〈漫画家の在り方〉として間違っていないと思っている。誇りある漫画家なら、どこの世界でも同じなんじゃあないか？」

「〈事業主の在り方〉としては大間違いだこのゲリベンクソ野郎がァ――――――――ッ！」

風を切る音がして、今度はカッターが飛んだ。

スコン、と軽い音を立てて壁に突き刺さる。避けることはできたが、さすがに露伴も眉間にしわを寄せる。

　露伴の背後にある壁は、すでに月面のように穴だらけだ。突き刺さったいくつかの筆記用具を見るに、変わったペン立てか、或いはペンの墓場、といった有様になっていた。

「ハァ……ハァ……露伴先生。貴方……〈費用対効果〉って言葉、知ってるわよね……？」

「当然だろ？　かけた金額に対して、どのくらいの〈効果がある〉か……そーゆー考え方でいいのなら」

「〈妖怪伝説〉の漫画……山を買ったかいはあったのよね？　ここで〈無い〉って言ったらその時点でアンタの顔面〈音楽室の壁〉みたいにしてやるけど」

「そこは間違いない。最高の取材だったよ。とても得難い体験ができた……〈妖怪〉との遭遇。あの体験が〈金で買えた〉と思えば、安い買い物だったと思う」

「ええ、ええ。さぞいい物が描けたのでしょうけど、〈それでいくら稼いだの〉？」

「なに？」

「原稿料は？　仮に単行本になったときの印税は、山を買った投資に見合うものッ？〈儲けが出る〉という見こみはあったのよねッ⁉」

「何度か言ったはずだ。ぼくは〈読んでもらうため〉に漫画を描いている。ただそれだけのため……ちやほやされるためではないし、当然、金のためでもない。生きるために収入は必要だが、〈いい漫画が描けるという確信〉があれば〈儲け〉なんてものはどうでもいい」

誠子は、わかりやすく呆れた顔をしてみせた。

「うん……そうね。貴方はそういう人」

ため息交じりに、言葉を続ける。

「でも、正直な話……ずっと思っていたのだけど……〈儲け〉に価値を見出さないのなら、〈プロ〉である必要がないんじゃあないの？　今のご時世、〈SNS〉だとかで漫画を描いても、大勢の人間が読むでしょう？　むしろ〈趣味〉として無料で広く公開したほうが、貴方のポリシーに合うんじゃあないの？」

机の上のペン立てから、誠子は新しいボールペンを取り出し、額を掻いた。

先ほどとは違って、文房具店で、ダース九〇〇円で売っている安物。〈また投擲するかもしれない〉という予感があるときのためだけに用意されている。

ある意味で〈下手なこと言ったらキレるから〉というアピールでもある。投げるためだけのペンは無駄遣いではないのか、と露伴は思う。

露伴は多少、緊張を覚えたが、これはスタンスの話だ。であれば取り繕ったり、言いわけをするのは、人生に対して〈不誠実〉だ。

だから、露伴が続ける言葉は、あくまでも真実で、本心だった。

「たしかに……〈芸術〉であれば、それでいい……。しかし漫画は〈芸術〉であって、同時に〈エンターテインメント〉でもある」

「そのふたつって、そんなに違う？」

「違うね。〈芸術〉は自己表現だ。〈自分はこれを描きたい〉と思って、そのとおりに作品を仕上げればそれでいい。だが……〈エンターテインメント〉なら外を向かなくちゃならない」

「外？」

「読者だよ。……プロであることは重要だ。報酬を受け取り、締め切りを定め、雑誌や単行本を、〈お金で買って読んでもらう〉。……〈対価を貰っている〉という意識が、作品に〈責任〉を生むんだ。値札をつけなければ、知らず知らずのうちに妥協する」

「………つまり」

誠子は、ひと呼吸置いた。

自分の解釈を、二秒ほど頭の中で整理してから、改めて続ける。

「つまり露伴先生。貴方………〈責任を負う〉ためにプロの漫画家をやってる？ 責任をもって、〈いい仕事をする〉ためにお金を稼いでる？」

「そうなるね」

「………普通はお金を稼ぐために〈責任を負う〉のよ？ だから〈いい仕事をしよう〉と努力をするの。順序がおかしい。〈お金〉が一番にあるはずッ！」

「〈いい漫画を描く〉。それが一番だ。それ以外の順序なんて〈ありえない〉」

「〈ありえない〉はこっちの台詞だァ――――ッ！」

何層にもしっかりケアした唇が割れそうなほど、誠子は絶叫した。と同時に、やっぱりペンを投擲した。当然、露伴は避けた。

ところが、

「あっ！」

力みすぎたせいで、狙いがそれたのだろう。

露伴の座っている机の隣。積み上がっていた書類にペンが命中し、突き刺さった勢いで崩れてしまった。

綴り紐で束ねられた、請求書や領収書が、床を滑って露伴の足下までやってくる。

「……怒らせといて悪いけど、こういうことになる。もう少し落ち着いたらどうかな」

「誰のせいだと思っているのよッ！　もォ～～～～最悪ッ！　貯金の五倍のペースでストレスがたまるわッ！　また膀胱炎になったらどうしてくれるのよッ！〈膀胱炎ウイルス〉ッ！　貴方たちアーティストってきっとウイルスだわッ！」

露伴は二の矢が飛んでくる前に、落ちた書類の束を拾い上げた。

表紙には〈○○年度分　領収書〉の文字。

どこかの誰かに記帳作業を委託されているのだろう。ちょうど開いた形で落ちていたので、拾い上げると中身が見える。

他人の領収書を覗くのは良くないことだ、という気持ちは露伴にもあった。

ただ、領収書というのは〈何に金を使ったか〉が記されているもので、〈ヘブンズ・ドアー〉ほどではないにしろ、それは他者の生活を雄弁に語る。まさに〈他人の過去そのもの〉と言える書類だ。

だから正直興味はあったし、覗くのは悪いことだと感じてはいたが、見てみたいと思わないわけではなかった。見えてしまったらしかたないだろう、とも思った。

というか、まあ、つまり、見た。

動機だとか、ワザとかワザとじゃないとかはどうでもいいだろう。大事なのは、岸辺露伴が何を見て、己の中に取り入れて、興味を持ったか。

この物語の、発端となる話なのだから。

「…………〈オカミサマ〉……?」

目に入った領収書、その中の一枚。

見慣れない単語があった。

〈オカミサマ〉という五文字のカタカナは、領収書の宛名(あてな)欄に記されていて、但し書きにいくつかの商品であるとか、サービスであるとか、何に金を使ったのかが連ねられている。

露伴の記憶に、その単語に該当するものはなかった。

例えば領収書の宛名でよく見る、〈上様〉という文字は浮かんだ。〈お上様〉ということであれば納得できる気がしないでもないが、普通は〈うえさま〉と読む。

会社名であるかもしれないし、〈岡見〉という苗字なのかもしれない。気にはなったが、とりたてて強い興味を惹かれるわけでもなかった。

誠子が、凄まじい勢いで露伴に跳びかかるまでは。

「返せッ！」

「おォ〜〜〜〜〜〜〜〜っと」

大変な剣幕で、誠子は露伴から領収書を奪おうとした。ただごとではなかった。〈キレ方〉に異常なものがある誠子であったが、そのときの態度は明らかに〈危険物〉への対応に思えた。

だが、そんな反応が露伴にとってどういう効果をもたらすかは明白だ。誠子も咄嗟に行動したあとに、それに気づいた。

そう、その時点で、露伴はすっかり〈好奇心〉を刺激されてしまったのだ。

「…………単刀直入に聞く。〈オカミサマ〉ってのはなんだ？」

「教えると思うの？　〈返せ〉って言ったのだけど」

「教えてもらうさ。でなけりゃちょっと特別な〈取材〉を行う。…………芸術追及のためだ」

「…………チッ」

誠子は、隠しもせずに舌打ちした。

詳細は知らないが、誠子は露伴がなんらかの手段で、〈強引な取材〉を行えることに気づいていた。この場で言わなくても、露伴は誠子の持っている記憶や知識を、まるで〈古い帳簿を開くように〉調べてしまえるに違いない。そういう確信が誠子にもあった。

だから、すでに観念していた。

知識を覗かれて、漫画のネタにされるよりは、自分で説明したほうがいいと思った。

「…………〈オカミサマ〉はね、狡い裏ワザよ」

「裏ワザ？」

「そう。資本主義社会……貨幣で価値を量る世界の裏ワザ。簿記の教本とかには載ってないし、法律に書いてあるわけでもない。でも……私たちみたいな職業のうち、一握りの人間には、ひっそりと語り継がれている。事実として存在する、認めざるを得ない不可思議」

「回りくどいね。……単刀直入に聞く、と言ったはずだぜ」

「つまり……ええと。例えば契約書……それこそ領収書でもいいの。〈お金の取引〉を表す書類の、相手先を〈オカミサマ〉にする」

「それでどうなる？　要点を聞きたい」

「消してくれるのよ。〈お金を払わなくてはならない〉という事実を」

「…………」

それは、裏ワザというより〈チートコード〉なんじゃあないのか。と露伴は思ったが、誠子にゲーム的な例えが通じるとは思えなかったので、口にはしなかった。だから、誠子は止まることなく続きを語る。

「ただし、〈オカミサマ〉は危険。〈タダ〉より高いものはないの。どんな形であっても、この世界に存在するのは〈取引〉という手段だけ。〈取引〉とは、〈帳尻を合わせる〉こと……絶対に得だけではない。〈損得はいつも釣り合うようにできている〉。それを狂わせるのだから、それなりの〈揺り戻し〉がある」

「……そんな怪談みたいなこと、ずいぶん確信をもって話すね？」

「ええ、当り前よ。だって――」

誠子の言葉。その続きは、急に鳴り出した軽快な音楽に遮られた。

若い女性に流行のＪ－ＰＯＰ。誠子がカラオケで選曲しようものなら、多少の痛々しさが生まれるだろうナンバー。

誠子は露伴に断るでもなく、懐（ふところ）からスマートフォンを取り出すと、電話に出た。

「もしもし、坂ノ上です。……土山（つちやま）さん？　ですから、お断りしたはずですけれど……それに緊急の連絡でなければ、仕事上の相談は事務所の電話に……ええ。ええ……」

誠子は電話しながら、ボールペンのクリップでこめかみを掻く。どうやら長電話に捕まったようだった。

〈オカミサマ〉とやらの話が尻切れトンボになったのは露伴には残念だったが、肝心(かんじん)なところ……〈概要〉と言える部分は聞けた。

であれば、あとは自分で〈取材〉できる。

続きを聞こうとしたところで、クドクドと説教されるのも見えていた。

なので、

「忙しそうだし、今日は帰るとするよ……このあと、珍しく〈出張〉の準備をしなければならないからな。日を改める」

露伴は席を立ち、事務所の出口へ向かった。

背中に、誠子の視線を感じた。そういえば、今日は結局、破産したことへの説教だけ聞かされて、肝心の相談をできなかったことを思い出す。

去り際、露伴は返事を期待せずに誠子へと声をかけた。

「結局本題には入れなかったな……〈月の土地〉の購入代は、取材費にできるのか？　って相談は……また今度にするよ」

ボールペンが飛んでくるのが見えて、露伴はさっさと帰ることにした。

インターネットが普及した時代。

テレビ電話がフィクションのスーパーアイテムだった時代はとうに過ぎて、光回線を通じて相手の顔を見られる無料通話サービスが溢れている。

もともと在宅ワークであった漫画家も、これら通信手段の発達によって、地方在住のまま仕事をすることがグッと楽になった。原稿のやりとりどころか、自宅にいながら、簡単に打ち合わせができてしまう。

ところが……だからと言って、地方に引きこもってばかりでいいか？　というと、そうはいかない。何だかんだと、作家は遠出をする機会を求められる。

雑誌を跨いだ企画の打ち合わせだとか、首都圏で開催されるイベントへの参加だとか。

出版社へと赴くことは、フットワークの軽い作家なら、案外少なくない。

その日、露伴は世田谷区、某所のイベントに呼ばれていた。

杜王町からS市まで出て、新幹線で約一時間と半分。東京駅からおおよそ三〇分。世田谷の美術館で開催されたのは生原稿の展示と、顔出しのサイン会。

かの長谷川町子ゆかりの地であることから、漫画家としての興味が皆無ではないが、普段の露伴であれば、進んでイベントへの顔出し参加などは行わない。では、なぜ来たかと言えば、寂しい懐事情が関係している。

原稿料の前借を打診したところ、「代わりというわけではないが、たまには大勢のファンに顔を見せてあげてくれないか」と、口説かれた末のことだった。さすがの露伴も、断りづらい状況というやつだ。

ファンサービスも漫画家の務めと思ってはいるが、それでも心身共に疲労した。

旅費交通費は出るが、イベント参加の報酬はない。いわゆるタダ働きになった。それ自体はさほど気にしていないのだが、漫画家はアイドルなどではないのだ。サインをしてやるのはかまわないが、愛想を振りまけと言われればストレスが溜まる。

「急な出張でスケジュールもカツカツだったからな……やれやれ。朝は時間がギリギリで、珍しく〈深爪〉なんてしてしまったし、とっとと帰りたい気持ちでいっぱいだ……」

そんな調子でイベントを終えた露伴は、「打ち上げに一杯」という編集者の誘いは断って、早々にひとりになると、フラフラと世田谷の街を歩いた。

現在は公園となった古墳跡だとか、三軒茶屋のヤミ市跡の路地だとか、興味を惹かれる場所はないでもないのだが……その日の露伴の気分で〈ピンとくる〉感じではない。

そこで。

「…………〈オカミサマ〉……だったな」

思い出した単語があった。

出先で興味を惹く対象が無いときは、自分の中からそれを引っ張り出せばいい、という理屈だ。意味を断片的に聞いたままになっていた単語。

露伴は〈こっくりさん〉を聞いてみれば試すし、〈呪いの動画〉を知れば見る人間だ。知らない物を知るのに、体験する以上の手段はない。

「たしか……〈金の取引〉。だったらその辺で買い物するだけでいいはずだ。〈契約書〉ではなく〈領収書〉でもいい……相手先を〈オカミサマ〉にする。……それだけ」

思いついたら、早かった。

さっそく最寄りの書店へと立ち寄った露伴は、適度に〈まったく要らないでもない本〉を探した。ちょうど、作画資料として良さそうな〈人体解剖図　上・下〉という高額な本を見つけ、それに加えて〈鼻をなくしたゾウさん〉とかいう本が目に入り、気になったので購入することにした。

あわせて三冊。ざっと値段を計算しただけでも、一万二千円程度の買い物になる。さっそくレジへ向かい、さほど並んでいない列につく。

「いらっしゃいませ、お客様。ポイントカードをお持ちでしたらお見せください」

「ないよ。作る気もない」

「今でしたら一回の買い物につき五パーセントのポイント還元。身分証の提示だけで、タッチパッドを二分程度操作していただければすぐにお作りできます。後々のことを考えても、非常にお得でございます」

「要らないって言っただろ？　その〈記憶したマニュアルそのまま読みました〉みたいな

接客、時間の無駄だからやめてほしいなァ〜〜〜〜」

「申しわけございません、お客様」

杓子定規というか、いまいち〈マニュアルどおりの対応〉が抜けていないのが露伴には気に食わないが、とにかく会計は進む。

レジに表示される金額が、あっというまに五桁を超える。払ってしまえば、夕食はカップラーメンか何かになるだろう。だとしても、一度興味を持った本を買わずに帰る選択肢など、露伴の中には存在しないのだが……本日の趣旨は別である。

「ああ、それで…………ちょっと〈領収書〉を切ってほしいんだが。レシートじゃなく手書きのやつ」

「畏まりました、お客様。宛名はいかがいたしますか？」

「〈オカミサマ〉で頼む」

「はァ……〈オカミサマ〉でございますか？」

「そうだって言ってるだろ。カタカナでいい。プロ野球選手がファンの子供のためボールにサインをしてやるみたいに、さっさとな」

どうも〈キョトン〉とした様子の店員に、露伴は内心〈オイオイオイ、ガセじゃあないのか〉とか、〈坂ノ上誠子……まさかぼくを金銭面で戒めるために一芝居うったんじゃあないだろうな……だとしたら漫画のネタで肩透かしをくらったことになる。そこは許せない）とか、そういうことを考えていた。

騙されて高額な買い物をすることよりも、〈面白そうなネタが嘘だった〉という可能性のほうが、よほど露伴の心をかきむしる。

しかし……それは、すぐさま杞憂であるとわかった。


「――――お客様、おめでとうございます」


「なに？」

領収書に宛名を書き終わったタイミング。

ぴったり合わせるように、突然店員が顔を上げた。

「お客様。当店では創業以来、オーナーの意向で〈縁〉を大事にしてまいりました。〈円〉を稼ぐのは、来店してくださるお客様が紡いでくれる〈縁〉だと……。そこで当店では代々、〈硬貨または紙幣と同じキリ番〉のお客様をレジカウンターにて記録しております。ひとり目と、五人目、一〇人目……一〇〇〇人目や五〇〇〇人目、と……」

「…………」

「貴方様は〈一万人目〉のお客様。今回のお買い物は〈無料サービス〉とさせていただきます」

「…………なるほど」

そういう流れで、結局露伴はタダで本を手に入れて、書店を出た。

三冊の本を包んだ紙袋。

それに、タダなのに渡された〈領収書〉。宛名には〈オカミサマ〉。摘要欄には〈書籍代〉の文字と、金額欄に〈一万二千円〉。

「どういう形で発動する物なのかと思ったが……そういうことか。〈そもそも金銭を払う必要がなくなる〉……〈オカミサマ〉は本物だ」

疑いようのない本物の〈異変〉を体感し、露伴は満足げに領収書をポケットにしまった。

それは〈洗脳〉とか、〈幻術〉のようなものではない。

言うなれば、〈運命操作〉。

特殊能力の登場する漫画は数あれど、そういうのはラスボスの能力にでも持って来なければならないくらい強力だ。クセの強さは否(いな)めないが、ネタにはなる。

もう少し試してみたいところだが、支払いの踏み倒しに近いこの行為は、やたらに行うと単なる〈金に汚い行為〉になりかねない。

高価な資料に、興味深い本も手に入った。〈オカミサマ〉を試す機会はもう少し慎重に待つとして、まずはホテルに帰ってこれを読むのもいい。そう考えた露伴は、担当編集に指定されたビジネスホテルまでの道程(みちのり)を歩いていく。

「……部屋についたらネタをまとめて、買った本を読もう……インスピレーションは高まっているが、即座に漫画を描けるわけでもない。なら、たまには少し夜更かしをしてもいいかもしれないな」

そう思うと、部屋で軽く喉を潤せるものを用意するのもいい。

アメニティのコーヒーでもいいが、味の当たり外れが激しい。

ホテル付近まで戻った露伴は、目に入った自販機に近づくと、果汁一〇〇パーセントのオレンジジュースを購入した。

オレンジジュースは「果汁一〇〇パーセント」でなければ、オレンジの断面写真をパッケージに使うことはできない。〈公正取引委員会〉の取り決めなのだから、スーパーで買おうが自販機で買おうが品質保証される。いい文化だ、と露伴は思う。

支払いは電子マネー。露伴は都会のごみごみとした空気は好きではないが、鉄道もタクシーも自動販売機も、たいていはひとつの電子マネーサービスで決済できる、そこは都会の利点だと認めていた。

スマホをかざして代金を支払う。出てきたジュースを持ってホテルへ向かい、さっさとチェックインをすませた。

予約は岸辺露伴の名前で行われているが、当然、宿泊代金は編集部持ちだ。作家は手続きだけすませて、あとは悠々とくつろげばいい。

「ムッ……このホテル、併設されているレストランが悪くないぞ。耳にしたことのある店名だ。……〈薩摩地鶏のカチャトーラ〉……。結局、今回の出張ではほとんど自腹を切っていないからな。いい物を食べていくか……」

部屋に荷物を置くと、露伴はまず腹ごしらえをすることにした。

レストランに入り、壁際の小さな席を選ぶと、しばしメニューを眺める。目星をつけていたのは〈カチャトーラ〉だったが、どのメニューもなかなか悪くなさそうだ。イベントを終えて歩き通した身体は、それなりに空腹を訴えている。

少しの間迷って結局、露伴は〈合鴨のコンフィ〉をメインとしたディナーコースを注文した。

それから料理が届くまで、露伴は店の中を見渡して過ごした。

ビジネスホテルのレストランだ。杜王町にある行きつけのイタリアン・レストランに比べれば雰囲気は安っぽいが、妥協は感じない。

照明も音楽も主張は控えめで、料理の邪魔をしないよう気を使われている。ホテルその物の造りより高級感を覚える、好感の持てる内装に期待は膨らんでいく。

やがて運ばれてきた料理も、やはりなかなかの物だった。

「〈合鴨のコンフィ〉……ソースは赤ワインだが、ピリッとした〈粒マスタード〉が効いていて食欲がグングンわいてくる……舌が急かされてるって感じだ。ラザニアも適当じゃあない。ホウレン草の嫌味な感じとかは全然なくって……噛めば噛むほどわいてくるこの濃厚な〈コク〉は〈クルミのペースト〉！　イイじゃあないか！　どれも〈一度は驚かせなきゃ終わらないぜ〉って感じの拘りに溢れているッ！」

　デザートの〈サツマイモのムース〉もペロリと平らげる。

　正直なところ、バクチをうつ気分でもあったが、予想以上にコックの腕を感じられる料理が楽しめる店だった。満腹感と満足感に包まれた露伴は、出費しすぎたことをチラリとも気にせず会計に向かった。

　杜王町に帰るころには財布が軽くなっているだろうが、後悔はない。その分だけ空腹と心は満たされたのだから。

　ところが、いざレジに行くと、

「ご宿泊のお客様の支払いは、チェックアウトの際に、ホテルの有料サービスとまとめてお願いすることになっております」

「へえ、そうなのか」

　つまり、その場では金を支払わせずに出費の意識を薄くし、あとでまとめて請求することで、財布のヒモを緩くする……と、そういうギミックだ。

　こういう、いくらかでも〈稼ごう〉という魂胆が見えると、逞しいものだな、と露伴は思う。書店のポイントカードもそうだったが、この手の細々とした工夫で少しでも売り上げよう、というのが、誠子の言う〈庶民的な金銭感覚〉なのかもしれない。

そんなことをぼんやりと考えながら、空腹を満たした露伴は、ロビーで低反発マクラをレンタルすると、さっさと部屋に帰って籠った。

煩わしい用事だ、と思っていたが、来てみればそれなりに悪くない旅だと思えた。〈オカミサマ〉を試せたし、杜王町では見かけない本も購入できた。夕食も美味しかった。振り返ってみれば、休暇のようなものだったかもしれない。

残りの時間は、綺麗に整頓されたシングルルームでネタを練り、ゆっくりと本を読んだりして過ごすだけ。

それ以外は「帰りの新幹線は、駅でカツサンドを購入して、車窓からの景色を楽しみながら食べるのもいいいな」などという考えだけが、露伴の頭の中を巡っていた。

日付が変わろうとしていた。

ホテルの部屋に入ってから、露伴は〈オカミサマ〉に関するネタをノートに記し、そこから漫画として広げるべく、簡単なプロットを作った。手応えはあるが、もう少し〈鮮烈な刺激〉が欲しい。何かネタを追加する必要がある、と感じつつ、ひとまずは落ち着いた。

それからしばらくは、本を読んでいた。

〈人体解剖図　上・下〉も興味深い内容だったが、ついでに購入した〈鼻をなくしたゾウさん〉がことのほかに面白く、気づけばそれなりに時間が経っていた。

買っておいたオレンジジュースは当然、すでに飲み干してしまっていたが、妙に喉が渇いていた。それに気づくと、やけに小腹も空いてきた。

「自販機のジュースにしては、けっこう美味しかったんじゃあないか。……明日、朝起きたら一番に飲みたい味だ……何本か買い置きして、冷蔵庫に入れておくかな。ついでにコンビニで何か、つまめるものを買っておくとするか……」

露伴はスマホと、一応、財布を持って部屋を出た。

ホテルの部屋はそこそこスマートだったが、廊下は若干、味気なさのほうが勝る。とはいえビジネスホテルの廊下など通路でしかないので、そこはしかたがないだろう。

ホールでしばし、エレベーターを待つ。

のっぺりとしたクリーム色の壁にかかった絵を眺めながら、待つ。

「……抽象画なのは間違いないんだが、クリーム色の壁に真っ青な絵を描けるのは、どーゆーセンスなんだ？　そのくせ花瓶に赤い薔薇が飾られているのもよくわからない」

じっと見ていると、なんだか壁紙の黄ばみだとか、誰かが絨毯につけたらしいコゲだとか、いろいろなものが気になってくる。

ビジネスホテルのホールに美意識を持て、というほうが酷なのだろうが、一階のレストランの内装が悪くないものだったので、余計に気になってしまう。

なんとも言えない無頓着さというか、雑さがやたらと鼻につく。自分でも不思議なくらいにイライラしてきたころ、ようやくエレベーターが到着した。

夜遅い時間にエレベーターで相乗り、ということはあまりない。

一人で乗るエレベーター……特に下りは、どことなく閉塞感が強い。ロビーまで降りるのはほんの少しの時間だというのに、手持ち無沙汰になる。

「そういえば……〈エレベーターに乗って異世界に行く方法〉というのがあったな。あれは完全にガセでがっかりした」

露伴は、ゆっくりと下っていくエレベーターの中で、壁にかけられたホテル内のフロア案内だとか、近所の居酒屋の割引情報だとか、そういう広告を眺めていた。

少しばかり、背中が痒い気がする。

作業と読書に夢中になっていて、すっかりシャワーを浴びるのをあと回しにしていたのを思い出す。一度気づくと、なんとなく腋だとか首だとか、関節のあたりに不快感があるように感じられる。

顎を触ってみれば、チクチクとしたヒゲの感触があって、「備えつけのT字カミソリは使いたくないから、コンビニで買ってこようか」なんて考える。ビジネスホテルはたいてい傍（そば）にコンビニがある。便利な時代だ。

「…………ムウ」

一度意識したせいか、身体中の不快感が強くなってきた。

買い物をすませて部屋に帰ったら、すぐにシャワーを浴びようと決めた。ホテルのシャンプーは髪に合わないことがあるが、さすがに一泊二日の宿泊で、シャンプーまでコンビニで買うのは憚（はばか）られる。

ふと、ポケットに突っこんでいた手が、やけに布地に引っかかる気がした。

露伴は手を出して、自分の指先を見た。

「……ん？」

おかしい。

まず初めに違和感があった。

子供向けの間違い探しを見たような、〈ちぐはぐ〉な印象。自分の身体で、日常的に最も目にするであろうはずの部位で、感じてはならない印象。

「…………なんだ……？　どういうことなんだ？　この……状態は？」

言葉にすれば、何のことはない。

――〈爪が伸びている〉。

ただの、それだけ。

肉とくっついた桃色の部分から先、爪の先端、白い面積が数ミリほど。

それだけのことが、脳内に虫が這うような気持ち悪さを露伴に与えた。

「……そんなわけがない。今朝、〈爪を切ったばかり〉だぞ？　普段は気をつける〈深爪〉になってしまうくらい、焦って切ったばかりだぞ……？」

下降するエレベーターの中、視線は指先だけを凝視していた。まるでその部位が、まったく知らない何かになってしまったような、そんな感覚があった。

ギギ……と、軋(きし)むような響きと共に、爪はまた伸びていく。確実な〈異常〉に、嫌な脂(あぶら)汗(あせ)が肌を濡らす。

ある程度まで伸びたか、と思えば突然縮む。そしてまた、爪が伸び始める。早送りの動画を繰り返し見せられているような気分を、自身の身体に感じている。

「何かが起こっているッ！　ぼくの身体(からだ)にッ！」

ぞわり、と気色の悪い違和感が、背中に広がった。露伴はとっさに振り向きながら、自分の背中に手を伸ばす。

そこで、エレベーター内の鏡越しに見た。

自分の背中にワサワサとしがみつく、〈小さな赤子〉を。

「なんだァこれは――――――――ッ⁉」


赤子。

そう、それはまさに赤子だった。髪のない頭。瞼の開ききっていない目、潰れた鼻。

けれど、異様に小さい。親指くらいのサイズだろうか。足がない。その代わりに手が六本。昆虫のような体形。

それにエメラルドグリーンの、光沢のある肌。

露伴の記憶に照らし合わせれば、〈コガネムシ〉のような色の。

そんな〈赤子〉たちが、気づかぬうちに背中に群がっている。

「な………なんだ？　いっぱいいいるぞッ！　五〇人くらいはいるッ！　いつのまに、どこからやってきた？　というより……ぼくに何をしているんだッ！」

赤子たちは答えない。

ただ、小さな口をいっぱいに広げると……露伴の背中に、遠慮なく噛みついた。痛みではなく、痒さとか、くすぐったさが伝わる。それが逆に不愉快だ。

その姿は、母の乳房を吸う様子よりも、〈ヒル〉の吸血を思わせた。生理的な嫌悪感が否応なく、露伴の脊髄を駆けのぼる。

「なんなんだこいつらッ！　〈吸血〉とかじゃあないッ？　ぼくの身体から、何か、わからないが……〈吸われている〉ッ！　それに――」

露伴は気づいた。

赤子たちが何かを〈吸う〉たびに、ほんの少しずつだが、爪が伸びる。いや、それだけではない。手の甲を見つめると、傷が現れたり、消えたり。痛みが走ったり、治まったり、めまぐるしく変化が起こる。

命の危険というわけではなさそうだ……直接的な危機に晒されているとは言い難いが、自分の身体が勝手に変化していくとなれば、もはや疑いようはない。

それは〈攻撃〉に他ならなかった。

「くっ……」

身をよじり、大きく身体を振るう。

犬が濡れた身体を乾かすような仕草で、背中に張りついた無数の〈赤子〉たちを振り落とそうとする。さほど力は強くないようで、勢いをつけて手で払えばあらかた背中から落ちていく。

しかし、逃げ場のないエレベーターの中。足下に落ちた赤子たちは、ウネウネと六本の手を這わせ、じっと露伴を見つめてジリジリとにじり寄って来る。

幸い、エレベーターはもうすぐ一階に到着する。あと数秒やり過ごせば、逃げ出すことが可能だろう。なんとかこれ以上攻撃を受けないようにしなければならない。

「ハッ！」

ところが、事態はそう悠長なことを言っていられる状況でもないらしい。

天井が音を立てる。

見上げれば、エレベーターの点検口の蓋が少しずつズレている。

嫌な予感。それを具体的に頭で認識する前に、点検口の隙間から、新たな〈赤子たち〉が顔を覗かせ、ボトボトと落ちてくる。床に落ちるたび、悲鳴のように「オギャア」と声を立てる様には、露伴も本能的に耳を塞ぎたくなった。

いつしか露伴は、病原菌の群れを見ている気分になってきた。〈なんだか得体が知れないが、確実に自分に変化を与えてくる何か〉が目の前に、大量に存在する。

あっというまに、カーペットが広がるように、床が〈赤子たち〉で埋め尽くされていく。

小さく、そして多い。

人間が生理的嫌悪を覚えるタイプの造形――〈群れ〉の敵。エレベーターという閉鎖空間で相対する圧迫感は、見た目以上の物がある。

「囲まれているじゃあないかッ！　クソッ……エレベーター！　早く一階へ……早くッ！」

叫んでもエレベーターが加速するわけではない。とはいえ、一二階から一階へ降りるだけの時間だ。そう長い時間を待たず、エレベーターの扉は開いた。

「やった！　これで――」

〈逃げ出せる〉。

そう口にしようとした露伴の目に映ったのは、通路の向こうから……ちょうど、レストランへ続くほうの廊下から、ワラワラと集まって来る新たな〈赤子たち〉。

つまるところ……事態は全然、まったく、これっぽっちも好転などしていない。そう言わざるを得ない光景だった。

「駄目だ……ロビーもすでに安全ではない！　逃げなくては…………とにかく、もっと遠く…………しかもこいつら……這ってるくせに〈速い〉ぞッ！　時速八キロから九キロ程度の速度！　人間の駆け足程度ッ！　追いつけないところまで逃げなくてはッ！」

「お客様、お出かけの際にはルームキーをお忘れになりませぬよう」

「わかっているッ！　君たち、ぼくが帰ってくるまでに宿泊客が〈どうみても必死！〉って顔してるときの対応もマニュアルに書いとけよ！　いいなッ！」

「お気をつけて行ってらっしゃいませ」

ホテルマンのズレた対応を背に受けて、露伴はロビーの外まで駆け抜けた。

当然、〈赤子たち〉はホテルの外まで追ってくる。ホテルマンの対応からして、どうやら露伴以外の目には見えていないらしい。

このまま走って逃げ続けても、夜の道を〈赤子たち〉と鬼ごっこし続けるだけ。ジリ貧になって追いつかれるのは明白だった。

とにかく、まずは何とかして振り切らねばならない。

何か手段はないものか。露伴は眼球をせわしなく揺らし、周囲を見渡した。

「……あれは……！」

そんな露伴の前に、まるで天の救いのように〈ある物〉が現れた。あまりのタイミングの良さに、運命的な何かすら感じた。

「しめたぞ………あれなら逃げられる！　〈赤子たち〉のペースからして、あれに追いつくほどのスピードはないッ！　これ以上の加速さえなければッ！」

走りながら、露伴はサッと慌てて手を上げる。

そのサインを合図に、露伴の目前に黒い車──緑ナンバーのセンチュリー──が停まった。運転席からのレバー操作ひとつで開いた後部座席に、露伴は転がるように乗りこんでいく。

そう、それは〈個人タクシー〉だ。

座席に乗ると間もなく、ドアが閉まる。窓越しに覗(のぞ)くと、〈赤子たち〉はまだ一目散(いちもくさん)に露伴を追って走ってきていた。追いつかれてしまえば、タクシーのドアくらいならこじ開けてきそうな勢いを感じた。

露伴は声を張りあげた。

「早く出してくれ！」

「お兄さん、どちらでもいいッ！　とにかく遠くだ、できるだけ遠く！　飛ばせッ！」

「どちらまで？」

「フゥ〜〜〜〜…………かしこ、かましこ……？　かしこまりましたァ〜〜っ……と」

あわや、〈赤子たち〉の先頭に追いつかれるか、というタイミングで、タクシーは露伴を乗せて走りだす。〈赤子たち〉の追跡は続いているようだったが、タクシーがスピードを上げるにつれて、徐々に距離が離れていく。

夜景の光が雨のように流れて、タクシーは加速する。

渋滞などなかったのは、本当に幸いだった。〈赤子たち〉の姿はどんどん小さくなり、やがて夜の闇の向こうへと呑みこまれて、見えなくなっていった。

そのまま走ること、数分。

もう爪が伸びることもなく、露伴の身に降ってわいた奇妙な異変は、今や完全に鎮静化していた。

「……逃げきったか………」

露伴は、額に流れた汗が冷えていくのを感じていた。

安心したせいか、急激に力が抜けていく。

このまま眠ってしまいたくなるが、そうもいかない。とにかく、あの〈赤子たち〉は何であるか、ということを考えなければいけない。

心当たりは、無いでもない。

「………まさか、あれが〈オカミサマ〉なのか？　たしか、坂ノ上誠子は言っていたな……〈オカミサマ〉は危険だと。その理由がこれか……〈帳尻を合わせに来る〉。つまり、使用した金額のぶんだけ、ぼくから〈何か〉を取り立てにくる……ってとこか」

「お兄さん、何ブツブツ言ってんスかァ〜〜。行先曖昧なままなんスけどォ〜〜〜〜」

「ちょっと黙って走っててくれ。止まって安心できる確信がない……言ったろ。できるだけ遠くだ」

「ありがたいスけどね――。私、最近〈裁判〉起こされちゃって。ちょうど稼ぎたかったとこで。信じられますか？　チョッと他所の女つまんでるところ見られただけで〈慰謝料〉がウン十万。たまんねッスよォ――。今までどんだけ貢いできたと思ってんスかねェ――」

「大変だね、頑張れよ」

「まあでも、それもある意味〈バランス〉なのかなァ――って思いますよね。なんせ妻ともマンネリしてたところで、女子大生との火遊び……正直〈良かった〉もんなァ〜〜。背徳感のスパイスっつーか……あの一夜のイイ思いがウン十万分の対価なのかなァ〜〜〜〜」

「しかし……ぼくから〈何〉を取り立てていたのかが問題だ……爪や髭、髪が伸びる……」

何ひとつ、運転手との会話は成立しないが、とにかくタクシーは走っていく。

露伴は薄暗い車内で、自分の指先や掌に触れながら考えていた。何らかの攻撃を受けたわりには、肌艶（つや）がいい気がする。

続けて、自分の顔を触った。どことなく違和感がある。スマホのカメラを起動し、自撮りモードにして鏡代わりにする。たしかに岸辺露伴の顔に間違いない。

しかし、それは〈自分の顔ではある〉が、〈自分の顔ではなかった〉。

「………〈若返っている〉ッ……！」

露伴の顔は、大まかに言って、〈二〇歳前後〉のものになっていた。

その確信が、露伴にこの攻撃の正体を摑ませた。

「〈時間〉だ！　〈時は金なり〉！　レートはわからないが、奴らはぼくが使った金額のぶんだけ、ぼくの身体から〈時間〉を奪っていく……そういう話かッ！」

推理はそれほど外れていない。露伴にはそういう手ごたえがあった。

爪の伸び縮みや、皮膚の変化もそう。あの奇妙な早送りのような現象は、強制的に〈身体の時間〉が〈巻き戻された〉が故の現象……そう思えば納得もいく。

「走ったわりには足腰への負担も少ないし、胃腸の調子もいい。……なんだ、気の利（き）く敵じゃあないか。……とは、言えない。問題は、使用金額に対してどれほどの〈時間〉が取り立てられるか。〈二〇歳〉にまで戻してくれたのは有り難いが、これ以上続けば〈子供〉になっていくばかりだ。…………いや…………〈それ〉ですめばまだいい」

　これが〈オカミサマ〉で金銭を踏み倒した対価だとするなら、気になるのは返済は〈時間〉でなく〈金銭〉でも可能かどうかだ。

〈取り返しがつく〉ものなのかどうか。それが重要。

「たしか、使った金額は一万二千円＋税……今の財布の中身なら、ギリギリ払えないことはない……返済することとさえできれば」

　無論、払ってしまえばタクシーの代金は多少、足が出てしまう。……今の露伴の資産は、前借した原稿料がすべてだ。厳しい支出になるのは間違いない。

　気は重いが、まずは直面している異変を回避することが先決だ。

　露伴は財布を取り出し、ポケットに入れておいた〈オカミサマ〉の領収書を取り出した。

「ン？」

　何かが、おかしい。

　明らかに、昼間見た領収書とは違う物が出てきた。たしかに昼間は〈オカミサマ〉という宛名の他には、書籍を購入した旨だけが記載されていたはずだ。

「…………そんな馬鹿なッ！　ぼくが領収書を切ったのは書店だけだッ！」

　それが今は、数行の項目が〈追記〉されていた。

「まさかッ！　この領収書はッ！」

〈書籍代　一万二九六〇円〉。
〈オレンジジュース　一三〇円〉。
〈ディナーコースAセット　五六一六円〉。
〈タクシー代金　初乗り　七一〇円〉
〈深夜割増　×二割〉。
〈加算運賃　九〇円、一八〇円、二七〇円、三六〇円、四五〇円、五四〇円……〉。
〈ETC料金………〉。
〈利息　×三割〉。
〈――決済期限　本日中――〉。

「嘘だろうッ⁉　ふざけるなッ！　〈書店で使用したときからずっと、すべての支出を加算して、立て替え続けている〉ッ！　しかも、利息だとッ⁉　いや、それより……まずいッ！　タクシーに乗るのは失敗だった！　こいつ、〈今この瞬間も加算を続けている〉ッ！」

かしゃん、とデジタル時計が時を刻むように、露伴の目の前で、領収書の合計金額が増えた。思わず目線を運転席へ向ければ、タクシーメーターに金額を積み重ねられていく。

危機感が膨れ上がった。

すでに領収書の金額は、露伴の手持ち……財布の中身では賄えない金額に達している。

かといって、ATMのある場所まで走らせようものなら、下手をすれば貯金額すら足を出る。

とにかく、このままタクシーを走らせ続けるのは危険だ。露伴は咄嗟に叫んだ。

「今すぐタクシーを止めろ！　ここで下ろすんだッ！」

「はァ～～～～？　……そりゃあ無理ですよお兄さん。無理……。いったい全体、この場所のどこで止めるんだ？」

「なに？」

言われて、露伴は窓の外を流れていく景色を見渡した。

街の光がない。東京の景色は、露伴にとっても馴染みのある物ではない。だがそれでも、今見ている光景が、想定外の物であることだけは理解できた。

「ハッ！」

そうして露伴は、もう一度、領収書に目を落とした。

――〈ETC料金〉。

「馬鹿なッ！　じゃあ今、この車はッ！」

「お兄さんが言ったんスよねェ――――。〈とにかく遠くだ。できるだけ遠く。飛ばしてくれ〉って……言ったのはアンタなんでスからねェ――――ッ！」

「ここは！　今、ぼくがいるのはッ！」

歩道が見えない。

照明灯の明かりが、まるで光線のように吹っ飛んでいく。タクシーの加速は、明らかに街中を走っているとは思えない速度に達している。

「〈高速道路〉ッ！　しかも都内じゃあないッ！　この車ッ……向かっているのはッ！」

「深夜の〈タクシー〉にとってよォ――――、ロングの客って美味しいんだよなァ――。しかも〈できるだけ遠く〉ってんだからよォ――」

目的地によっては、タクシーは高速道路を走るほうが割安になる場合もある。メーターの加算基準が変わるからだ。

だが、今の露伴は実際に〈遠くに行きたい〉わけではない。まして深夜の割増し料金に加え、高速道路の使用料金が加算されるとあっては死活問題だ。

タクシーを止めた瞬間、いつどこから〈赤子たち〉が現れるか――。

そんな考えすらも甘かったことを、露伴は直後に思い知った。

「………？」

ガタガタと、タクシーメーターが音を立てて揺れる。

本来、領収書が出てくるはずの器機から、緑色の何かがずるり、とはみ出してくる。それが何なのか。理解するよりも先に、本能的な忌避感が露伴を支配した。

ずるり、ずるりと、またひとり。またひとり。あっという間に。

タクシーメーターの中から、車内へ。〈赤子たち〉が溢れていく。

「――――ヤバいぞ、凄くヤバいッ！　こいつら、そうか……ぼくが〈支払うべきもの〉から発生するッ！　おそらくはあの本や、レストランのレジからもッ！」

座席をよじ登り、露伴を見つめる〈赤子たち〉。

エレベーターどころではない。狭く、身動きが取れず、逃げ場もない、高速走行する車内で群れに囲まれる。しかも、時間経過で勝手に露伴の負債は増え続けるのだ。思いつく限り、最悪の状況がそこにあった。

危機に拍車をかけるように、タクシーメーターが回る。律儀に利子をつけて、領収書の金額が加算されていく。

「このままでは負債が増え続けるばかりだッ！　くそッ！　なんとかしなくてはッ！　これ以上負債が重なる前に、せめてこの〈領収書〉を手放さなくてはッ！」

露伴は〈オカミサマの領収書〉に手をかけると、一息に引き裂こうとした。そもそもは市販の領収書でしかないのだ。特別な強度はなく、手ごたえは紙切れのそれでしかない。

ところが……微かな期待はあったものの、当然、事態はそれで収まらなかった。

「うおぁァァ――――――――――ッ！」

〈領収書〉を破こうとした瞬間、激痛が走った。

まるで〈領収書〉に連動するように、露伴の額が割れ、血が噴き出す。思わず傷口を押さえながら、露伴は座席の上でのたうち回った。

「ちょっと、後ろでガタガタ騒ぐのはいいんスけど、いくら煩くしても代金はまけないから。…………あァ――――ッ！　なんだその傷ッ！」

騒ぎに気づいた運転手がチラリとバックミラーを見たので、事態はさらに悪化した。露伴の額の傷と、出血に濡れた座席が目に入ったのだ。

「ち、違うんだ……これは……」

「あーあー座席に血ィ垂れてるじゃあねえかァ――――ッ！　テメーフザケんなッ！　そのシートいくらすると思ってやがる！　まじナメるなよ絶対弁償してもらうからなッ！　お前の財布に金がなくたって、絶対請求してやるッ！」

「お……おい、まて！　弁償だってッ!?」

「〈五万〉は払ってもらうからなァ――――ッ！」

「なにッ!?」

〈赤子たち〉の処理は迅速だった。

露伴の手元で、領収書の金額が変化する。〈カーシート　五万円〉。すると運転手の剣幕は、まるでスイッチを切ったように収まってしまう。

「…………と、思ったけどやっぱりいいや。お客様は神様だもんなぁ～～～。イチイチ弁償なんか必要ない……拭けば落ちるだろ、血くらい……」

「………嘘だろ？　今みたいなことでも〈五万〉も追加されるのか？　こんなに単純なことで、ぼくは〈負債〉を重ねるのか？　クソッ……このままではダメだ、何か……何とかして、この〈領収書〉を処分できれば……！」

「――無駄ダ――」

痛みにうめく露伴をじっと見据えながら、〈赤子たち〉のひとりが、おもむろに口を開いた。喋ることのできる存在だとは思っていなかったから、露伴は面食らった。

「〈領収書〉ハ、オ前ノ〈過去ト未来〉ヲ記ス物」

続けて、別の〈赤子たち〉も口々に喋り出す。

「欠損スレバ、オ前ノ〈過去ト未来〉モ失ワレル！」「〈帳尻合ワセ〉カラ、不正ニ逃レルコトハデキナイ！」「天秤ハ釣リ合ウ物。オ前ハ素直ニ支払ウシカナイ」「〈時ハ金ナリ〉。〈金ハ時ナリ〉」「〈金〉ガ無イナラ――」

「「「「〈時〉ヲ支払エ。岸辺露伴ッ！」」」」

「………………！」

その言葉は、おそらく露伴の耳にだけ響くものなのだろう。

厳正なる響きを持った言葉。

〈得したのだから、損をしろ〉という……〈バランス〉という大義を掲げた立場から振りかざされる、正論の鋭さがそこにあった。〈赤子たち〉は絶対に、己の使命を妥協せずに執行するであろうと感じられた。

それでも……危機に瀕している露伴は、口を開かずにはいられない。

「ま、待て……現金では支払えないのか？　ＡＴＭで貯金を下ろすまで、待ってもらうわけには行かないのか？」

「なに？」

「手持チハ足リナイ」「口座ニモ金ハナイ」「オ前ニハ、今スグ出セル金ガ無イ」

「オ前ニハ〈貯金〉ノ気配ガ見エナイ」

「嘘だろうっ？　原稿料を前借りしたんだ、そんなはずは……！」

瞬間、露伴の脳裏に蘇る記憶があった。

先日、坂ノ上の事務所をなぜ訪れたのか。その用事の詳細を思い出した。

「…………〈月の土地〉……預金の引き落としで買ったのだったか……」

後悔先に立たず、というわけだ。

仮にＡＴＭに辿り着いたとしても、そもそもすでに、露伴の負った負債は彼の返済能力を超えていたのだ。

金銭での支払いを行う力が、今の露伴には、存在しない。

「…………いくらだ……」

露伴は、血の滴（したた）る額を押さえながら、呟いた。

「ぼくは……いくら。〈一円〉につき〈何秒〉取り立てられる……？」

「〈一円〉ニツキ、〈一日〉ヲイタダク」

「ふざけるな！　暴利すぎるッ！　最低賃金だって一時間に九〇〇円程度だぞッ！　ぼくの一日には一円程度の価値しかないって言うのかッ？」

「人間ノ価値基準ナンカ、関係ナイネ……」

「なに……？」

「オ前ハ〈金銭ノ支払イ〉トイウ」「〈運命〉ヲ捻ジ曲ゲタ」「捻ジ曲ガッタ一分一秒ガ」

「ソノ程度ノ対価デ」「スマサレルト思ウノカ？」

「く、くそッ……すでに合計金額は八万円を超えている……〈八万日〉だとッ⁉　〈二二〇年〉だとッ⁉　そんな時間が一気に身体の中で巻き戻されたら――」

考えるまでもない。

二〇〇年どころか、三〇年前にすら、〈岸辺露伴は産まれていない〉。露伴本人が〈赤子〉に戻るどころの騒ぎではない。受精卵ですらまだ足りない。

「これほどの負債はもう返しきれない……〈破産〉だッ！　この状況での〈破産〉とはッ！」

考えるまでもない。

岸辺露伴の〈時間〉が何もかも無くなる、ということ。人間ひとりが己の〈時間〉をすべて失う、ということ。

それを、世界は〈死〉と名づけているはずだ。

突きつけられた決定的な危機に、露伴は焦りを隠せなかった。借金取りへ、往生際悪く言いわけをする債務者を、今は笑える気がしない。

露伴は〈交渉〉という手段を選んだ。

「……足りないはずだ……」

「ナニ？」

「ぼくはたかだか、二七歳……ぼくひとりから、そんな〈時間〉は取り立てられない……支払いを待ってくれないか。必ず〈現金〉を手に入れて、それで払う」

「駄目ダ」「〈領収書〉ヲ、使ッタ日ガ」「終ワッタ時点デ」「取リ立テルノガ〈ルール〉ダ」

「ぼくから取れる〈時間〉はせいぜい〈二七年〉だぞッ！　全然足りない！　お前たちだって、全額を返済されたほうがいいはずだ！」

「足リナクナッタラ、〈オ前ヲ産ンダ物〉カラ、取リ立テニ行クダケダ」

「なんだってッ⁉」

「〈債務者〉ガ死ンダ時点デ」「〈領収書〉ノ所有権ガ移ル」「〈権利〉ト〈義務〉ガ引キ継ガレル」

露伴はそこで初めて、この〈オカミサマ〉の脅威を、はっきりと理解した。

〈取り立て〉に妥協はない。本人の手持ちに支払えるものが無ければ、親類縁者まで遡(さかのぼ)って、負債が押しつけられる。

それだけではない。〈赤子たち〉は〈権利〉も引き継がれると言った。

「……つまり、〈この赤子たち〉も、〈支払いを肩代わりする〉状況も、〈取り立て〉も……何もかも、ぼくの親族や身内にまで、引き継がれるってことなのかッ⁉　そんな馬鹿なッ！　ぼくだけならまだしも……そのツケを他の誰かに押しつけなくちゃあならないのかッ⁉」

いや、そもそも〈オカミサマ〉に限った話ではないのだ。

現金。土地。建物。株券。配当。借金。何であってもそうだ。権利と義務は、利益と負債。必ず引き継がれていく。個人の問題ではない。

〈世界〉は必ず、バランスをとる。

負債を負えば、支払う必要がある限り、その責はひとりの手に負えなくなった場合、〈誰か〉が負うのだ。

その場しのぎの交渉では、〈オカミサマ〉は許さない。

何にしろ……端的に言葉にするのは簡単だ。

つまるところ。…………岸辺露伴は〈すでに詰んでいる〉。

「────〈取リ立テ〉ヲ始メル！」

一斉に、赤子たちが露伴へ飛びついた。

露伴の身体に次々としがみつき、六本の手でがっしりと組みついていく。〈一日〉ずつ徐々に、しかし確実に、露伴の肉体から〈時間〉が消えていく。

「うわあああああああああああああああああああぁぁぁ――――ッ!」

露伴の身体中に赤子が群がり、無慈悲なまでに効率的に〈徴収〉は行われる。振り払っても叩き落しても、解決するわけがない。高速走行中の車から転げだすわけにもいかない。そこは移動する処刑室に他ならない。

「〈ヘブンズ・ドアー〉ッ!」

苦し紛れとわかりながら、露伴は切り札を使用する。

赤子たちの何人かが〈本〉になり――本のページにはすべて、領収書と同じ、露伴の支出記録だけが記されている――動きを止めるが、すぐにその後ろから別の赤子が現れ、露伴に群がって行く。

「クソッ……〈ヘブンズ・ドアー〉ではどうにもならない! 一体や二体に攻撃して命令を書きこんだところで、取り立ては止まらない!」

空中を掴むようにもがく手が、徐々に細く、短くなってくる。

肌が瑞々しさを取り戻し、しかし次第に脂を浮かせて、顔にはニキビがぽつぽつと現れる。骨格も縮み、鈍い痛みが内側から現れる。

　次第に、悲鳴が高くなった。変声期まで遡りはじめていた。

「もう時間も選択肢もないッ！　……これしか方法はないッ！」

〈損〉に気づいたときは、即断即決が肝要だ。

　もはや、なりふりかまっている場合ではなかった。

　解決の手段を選んではいられない。半端な知識で使ってしまった〈オカミサマ〉に対し、露伴は解決のために絞る知恵を持たない。

　すでに、ひとりでは処理できない。

　であれば、残された手段はひとつしかなかった。

「頼む…………起きてくれッ！」

　この状況に対する〈正しい知識〉と〈課せられたルール〉を理解し、〈対抗手段〉を見つけなければならない。

　聞くは一時の恥。聞かねば一生の終わりだ。携帯電話を初めて持ったとき、〈縛られている〉感じがしたが、気づけばどこにでも持って歩くようになった自分が恐ろしくなった。だが今の露伴は、そうして染みついた習慣に感謝した。

　露伴はポケットからスマートフォンを手にすると、発信履歴をスクロールした。つい最近使用した連絡先だ。すぐに目的の項目は見つかった。

画面をタップして、発信を選択する。

鼓膜が破れないように、露伴はスピーカーから耳を離した。


「────今何時だと思ってんのよォォ〜〜〜〜このクサレ漫画家ァァァ〜〜〜〜〜ッ！」

案の定。


「…………」

電話口の坂ノ上誠子は激高しており、露伴は口をつぐんだ。

プライベート用の番号で、深夜に着信で叩き起こされたのだからしかたがないが、電話の向こうから〈スコン、スコン〉と音が聞こえているところを見ると、手元の物を手当たり次第に投げつけているようだった。スマホを投げないだけ冷静というものだ。

その音が途切れるのを待ってから、露伴は再びマイクに口を近づけた。

「この時間に叩き起こしたことはマジで悪いと思ってる……だが緊急だ。すまないが今のところ、他に頼れるところがない」

「何だって言うのよッ！　アンタのクソくだらない用事が何だってね、私の肌荒れと眼精疲労と膀胱炎と釣り合うとはとても思えないんだよッ！　世間話ならサボテンとでもしてろッ！」

「〈オカミサマ〉を使った」

「なんですってッ⁉」

誠子の声色が、怒りから驚愕に変わった。

それは、露伴がどういう物に手を出したのか。その〈ヤバさ〉を改めて、如実に感じさせる反応だった。

「正直に言うよ……完全にひとりでの処理能力を超えてる。もうたぶん、中学生くらいの年齢になっている……。頼むよ。専門家として〈資金繰り〉の相談を頼みたい」

電話越しに聞く露伴の声が、高い。〈少年〉の物だ。

誠子は露伴が嘘をついていないことを、確信した。

「…………………馬鹿だ馬鹿だとは思っていたけど。貴方、本当に馬鹿だったのね……予想以上。まさか〈オカミサマ〉を試すなんて。〈怖いもの知らず〉でも〈世間知らず〉でもない……〈命知らず〉になってる。ハッキリ言うわね。カメムシのほうが賢いと思う」

「で、どうなんだ？　ぼくはこのまま呆れられて、電話を切られてしまうのか？」

返事には少し、間があった。

長い長い溜息が、露伴のスマホから響く。普通に考えてここで話を打ち切られてもおかしくないだろう。ただ……それだけはない、と露伴は確信していた。

そして案の定、誠子の言葉が続いた。

「…………私の父は〈画家〉だった」

「それは前に聞いた。……今する話か？　悪いが時間がない」

「身内贔屓を抜きにしても、センスはあったわ。でもそれだけで大成できる世界じゃあなかった。〈金さえあれば〉が口癖……。父は最後に〈オカミサマ〉に頼って、あるコンクールの審査員への〈賄賂〉を立て替えて破産したわけ」

「…………なるほどな、詳しいわけだ。……で？　ぼくはこのまま呆れられて、その父親と同じような最期を迎えてしまうのかい？」

「私は父みたいな人間を増やさないためにこの仕事に就いた。…………無茶やアクシデントで優れた才能が潰れてしまわぬように。それが私の〈プライド〉」

結局のところ、坂ノ上誠子も〈プロ〉である。だから、続く言葉は……こうだ。

「――これが〈仕事〉だって言うなら、無視できるわけがない」

　まして岸辺露伴という、才能ある顧客。どれだけ金の使い方がエキセントリックでも、将来的にどれほどの実績を残すか計り知れない漫画家を、みすみす見殺しにするのは、彼女の在り方ではない。

　短いつき合いではない。だから露伴には、それがわかっていた。

　電話の向こうから、水を一杯飲む音が聞こえて、それから言葉が続いた。

「今、〈領収書〉の金額は幾らなの？」

　露伴は、今もなお加算され続ける領収書に目を落とした。腰より下を覆うように、今も〈赤子たち〉が蠢いている。

「……〈九万円〉を超えた。もう少しで〈一〇万円〉に届く」

「その程度で良かったわね。……結論から言って、貴方ならその状況を回避できる。一日で稼ぐ才能もない人間だったら危なかったけど……貴方ならできる」

「具体的にはどうすればいい？」

「この電話を切ったら、今すぐ出版社の人間に電話をかけること」

「なんだって？」

「すぐに〈仕事〉を入れて。読み切りでもなんでもいい。死んでしまう前に、とにかく〈一〇万円〉以上、具体的に手に入れる〈未来〉を確定させて。貴方ほどの漫画家が、一〇万ポッキリでいいからやらせてください、って頼めば…………深夜に叩き起こされた相手も無碍(むげ)にはしないでしょう。私よりは機嫌がいいに決まってる」

「……そんなことでいいのか？」

「ええ。あるんでしょう？　今すぐ描けるネタくらい」

「たった今、〈オカミサマ〉というネタを仕入れている真っ最中だからね」

「そう、ならよかった。それなら〈オカミサマ〉にその漫画で稼ぐ〈未来〉を支払える。〈お金を支払う事実〉を消してしまったように、貴方は何らかの形で〈漫画を描いて稼ぐ事実〉を一本分、失う……いわゆる〈ボツ〉をもらうと思う。そういう〈運命〉になる」

「……漫画を一本ボツにされるだけ？　そんなことでいいのか？」

「ええ。ただ、〈そのネタの漫画〉は永久に描けなくなる。〈運命〉が描かせない。もしかしたら、そのネタ自体忘れるかもしれない。でも貴方は助かる……そういうことよ」

「…………永久に〈このネタ〉で描けない？」

「貴方のことだから、他にも次回作のネタくらいあるんでしょう？　……〈オカミサマ〉は常に〈金〉と〈時〉を取引する。〈今〉で支払い切れなくても……貴方が持っている〈漫画家としてのネタ〉に、すぐに〈未来を手に入れられる価値〉があるなら、それは可能。〈価値ある未来〉なら支払える」

「…………………………〈漫画を一本、描くのを永久に諦める〉だけで、この状況は解決できる……それだけだな？　この解釈でいいんだな？」

「そうよ。死ぬよりマシでしょう？」

「ああ」

露伴の親指が〈通話終了〉のアイコンへと伸びた。

「だったら断る」

「はァ～～～～～～～～～～～～～～～～～～～～ッ!?」

「その手段は使えない」

電話越しに、誠子の動揺が伝わった。

無理もない話だ。おそらくこの世界中で、今、この結果に納得できる人間は、露伴以外にふたりといないだろう。露伴が出したのは、そういう選択だった。

誠子の、激高とも焦燥ともつかない声が響く。

「自分が何言ってるかわかってるのッ⁉」

「……今、ぼくは死の危険に瀕（ひん）しているが……同時に、〈オカミサマ〉という〈刺激的なネタ〉を身をもって体験している。頭の中でプロットが組まれ、これは〈傑作になる〉という確信がある………あとは紙に描くだけなんだ。ぼくの頭の中で、すでに作品はできている」

「命がかかっているのよッ⁉　〈オカミサマ〉のネタを潰すのが嫌なら別のネタを代わりにすればいいッ！」

「面白ければ、どんなネタだって同じだ。いいか？　……ぼくは〈読んでもらう〉ために描いている。〈面白い作品〉を描いてこそ〈読んでもらえる〉んだ。漫画を面白くするためなら、全財産投げうってもいい。そうして得た〈ネタ〉は、どれもぼくの〈何にも代えられない財産〉なんだ」

「ウソでしょ……待ちなさい。電話を切るんじゃあないわよッ！」

「〈面白くなる〉と思えるのなら、〈もうできている〉作品を、自ら捨てることはできない……だが相談は参考になった。さすがはプロだ、と言わせてもらうよ……。ありがとう。深夜に起こして悪かったな」

「待ちなさいッ！　待てェ――――コラァァッ！　岸辺露伴――」

間の抜けた電子音。

それを最後に、露伴のスマホから音が鳴ることはなかった。誠子との通話は切れ、ついでに電源も切った。着信があったところで無意味だ、と判断してのことだった。

「くッ……」

露伴の身体は、すでに小学生程度になっていた。

改めて見ると、ずいぶんと小さな手。細い指。鉛筆を持つ感覚すら違うだろう。

「この手でも、漫画は描けるだろうか……。いや、幼稚園児くらいにまでなってしまったら、さすがにペンを持つのにも支障が出るだろうな……」

少しずつ、露伴の身体が縮んでいく。

何もできない赤子にまで若返ってしまえば、無抵抗で〈取り立て〉に晒され、イコール〈死〉が待っている。そしてその時は、確実に迫っていた。

「だが…………〈餅は餅屋〉…………専門家に相談したのは正解だった。知識とは、その道のプロには敵わないからな」

縮んでしまっても、露伴の視線は未だ、窓の外に届いていた。

暗闇の中でも、標識はヘッドライトを反射して浮かび上がる。だからこそ、露伴はその標識を見つけることができた。

「嬉しいねェ…………あれが見えるのを待ってたんだ…………。〈未来〉を対価に支払っていいというなら……今、ぼくの〈未来〉が見えた」

露伴は倒れそうになる身体を前のめりにずらし、運転手の肩へと手を置いた。

「うわ、なんスかお客さん。…………あれ⁉」

運転手は面食らった。当然だ。乗せた客は〈二〇歳ほどの青年〉だったはずだ。それが気づけば〈小学生〉になっているのだから、わけがわからない。

「……そこの〈サービスエリア〉に寄ってくれ。急いで」

「うおおおおおおおおおおおッ！　なんだテメ――ッ⁉　どこから入った⁉」

「急げッ！　間に合わなくなる！」

「このガキなんなんだ⁉　さっきの客はどうした⁉」

「どんな状況だろうと後部座席に乗っているぼくが〈客〉だ！〈サービスエリア〉に入れえええええェェ――――ッ！」

露伴の目にも映ったのだ。当然、運転手もその標識を見つけることができた。意味不明な状況には混乱しながらも、運転手は指示どおりにハンドルをきる。

車線を移り、タクシーはサービスエリアの駐車場へと入って行く。時間のせいか、客足はまばら。ガラガラの駐車スペースに停まれば、まるでぽつんと隔離されたようだ。

運転手はアイドリングを続けたまま、サイドブレーキを引き、振り向いた。

そして、今にも力尽きそうな露伴の姿を目にすると、おもむろに運転席から降りて、後部座席のドアを開け――。


「――――オラァッ！」

「う、ぐッ！」


握り締めた拳で、力いっぱいに露伴の顔面を殴りつけた。

理屈も何もなく、振るわれる暴力は止まらなかった。顎を、胸を、腹を、鈍い音を立てて殴打する。子供に戻った露伴の身体は抵抗もできず、身体中に青痣（あざ）を刻（きざ）まれていく。

先ほどまでなにごともなく運転を続けていた運転手の、脈絡のない暴力。

あまりにも唐突で、紛れもなく異常な事態。

それは、露伴の身体に群がる〈赤子たち〉にとっても同じことだった。

「ウワッ！」「何ダ⁉」「殴ラレテルゾッ！」

殴打の衝撃によって、次々と振り落とされる〈赤子たち〉。今、使命を遂行しようとしていた〈赤子たち〉も、露伴を殴っている〈運転手〉すらも、その状況を把握していなかった。

殴られている当の本人、岸辺露伴以外は、誰も。

「はッ！」

大人の力で殴られれば、小学生の身体など脆(もろ)いものだ。

やがて、骨の軋(きし)む感触を合図にして、運転手は露伴への暴行を止めた。そして、信じられない、という顔で自分の拳(こぶし)を見た。

当然だろう。彼自身、なぜいきなり乗客を殴りつけたのか、わかっていないのだ。

「な……なんだ？　俺は何をッ！」

「ゲフッ……グ、ウゥ……」

「ち、違うんだ……殴るつもりなんてなかったんだ……！　自分でも何をしているかわからない！　誓って言う……！〈子供を殴る〉なんて、そんな気まったくなかったッ！」

「………いいんだ、わかってる。こんな手段、できれば使いたくなかったが……背に腹は代えられないからな……〈ヘブンズ・ドアー〉……悪用してしまった」

運転手は、肩に触れられたときにはすでに、命令を書きこまれていた。〈岸辺露伴を、死なない程度に殴りつける〉。ただし、漫画は描けるように、目や手は絶対に避けること〉。

ボコボコにされた顔の露伴だったが、その表情にはさすがに、バツの悪そうなものが浮かんでいた。一時とはいえ、〈弱みにつけこむ〉という手段を選んだ自覚があった。

自身の肋骨を撫でながら、痛みに顔をしかめる。

「……全治二か月かそこら……ってとこか。〈慰謝料〉なら五〇万近い、って聞いたことがある……〈子供への暴行〉ともなれば、もっとかもな」

「ご、五〇万ッ！」

「だが、そんなに要求しない。ぼくがやらせたんだからな……」

露伴は、震える手で懐に手を伸ばす。

そして、ずいぶんと文字数の増えてしまった領収書の、〈一〇万円〉ほどに達した金額欄を、タクシーの運転手へと見せた。

「……この場で〈示談〉ってやつだ。タクシー代金、高速料金、おまけもあるが……この領収書の金額ぴったりで〈チャラ〉にしてくれないか」

「………」

運転手は、即答できなかった。だが、たった今、この場で赤の他人を殴りつけてしまったという自覚はあった。それが五〇万以上の慰謝料を求められてもしかたのない行為だ、ということも理解していた。まして、それが子供であれば。混乱の中でも、罪悪感が先行する。だから、運転手の〈心〉が、それに同意した。ゆっくりと頷くその態度に、露伴もさすがに申しわけなさを感じた。

「……安心してくれ。この〈取引〉に……現金が動くことはないんだからな」

そう言って、露伴は〈赤子たち〉のほうを見た。

〈赤子たち〉もまた、戸惑(とまど)っていた。

露伴が何をしたのかを、未だ理解しかねている状態だった。

露伴は顔を見合わせる赤子たちに、呟(つぶや)いた。

「たった今…………〈金を得る未来〉を手に入れた。この〈未来〉で返済させてくれないか？」

〈赤子たち〉は、しばし目をパチパチと瞬(しばたた)かせていたが……やがて、露伴の言っている意味を理解した。

わらわらと群がっていた赤子たちが、顔を見合わせる。

そしてひとり、またひとりと、ヒョコヒョコと飛び跳ねながら露伴から離れて……どこかへ消えていく。

「…………危なかった…………あと五分、いや、二分でもサービスエリアを見つけるのが遅れていたら……」

露伴は、手に持ったままの領収書に目線を向けた。

金額欄はゼロ円。

宛名欄も、いつのまにか無記名になっていた。と同時に……本当にまったく気づかぬうちに、露伴の身体は大人のものへと戻っていた。

それは……露伴に降りかかった、悪夢のような状況の終わりを意味していた。

「…………ハァ…………」

「あれっ、お客さん？」

運転手は、先ほどとは打って変わってキョトンとした顔を浮かべていた。

「アンタなんでそんなボコボコになってるの？　どっかで喧嘩したあとに乗りこんできたんならやめてくださいよねェ――、厄介ごとには関わりたくないんで」

「……なるほど。〈そういう処理〉になるのか」

運転手は、〈子供になった露伴を殴った〉事実をすっかり忘れていた。それに対し、〈金を手に入れる〉ために負った傷は、大人になった露伴の身体にも刻まれたままだった。

記憶と罪悪感が消えた。証拠も残っていない。露伴はもう〈慰謝料〉も〈治療費〉ももらうことはできない。

金はないが、負債も無い。

全治二か月の傷だけが残った。

疲労感と、身体中を襲う痛みが露伴にはあったが……なぜだか、とても身軽になった気がしていた。

「さて……あとは、どう帰るかが問題だな……帰りのタクシー代もないし、新幹線の時間もあるし……病院に行く金もないからな…………………」

静けさに包まれた、サービスエリアの中。

露伴は頭を使おうとしたが、強烈な眠気に襲われて、やめた。

後日。

露伴はタクシーではなく、救急車でサービスエリアを出ることになった。

それから、担当編集や知人にゴタゴタと手間をかけたものの、露伴はなんとか、生きて杜王町に帰ってくることができた。

振り返ってみれば散々な出張になったが、退屈はしなかったと言えた。

身体はまだ痛むが、〈手と目は無事になるように怪我をした〉ので、仕事はできる。

死に瀕するほどの体験はインスピレーションを掻き立て、露伴はかなりノリ気で新作の漫画を仕上げた。

「〈オカミサマ〉……正直言えばば恐ろしい体験だったが、たしかにネタにはなった。二度と使いはしないがな……」

原稿作業を終えたあと、露伴は広瀬康一(ひろせこういち)から、自分宛ての郵便物が届いていると知らされた。居候先の住所にわざわざ届くのだから、集英社からのものかと思ったが、実際は違った。

「……〈坂ノ上税理士事務所〉……」

嫌な予感がした。

几帳面な手つきで、ピリピリと封筒を開く。顔を出した〈請求書〉の文字と、内容を見て、露伴は貧血になるかと思った。

「オイオイオイオイオイオイオイオイ、嘘だろッ⁉　〈五〇万〉⁉　深夜料金に特別相談料だって⁉　いくらなんでも法外って話なんじゃあないのか！　クソッ、坂ノ上……あの時点では〈オカミサマ〉が発動するから相談料の話なんてしなかったッ！　抜け目なくあとから金額を決めて送ってきたな……！」

いい漫画は描けた。原稿料も入るだろう。

だからと言って、この金額は安くない。破産中の露伴である。貯金もない。一括で支払うのはどう考えたって無理だった。

文句のひとつも言ってやりたかったが、何せ〈オカミサマ〉に関する相談料なんて相場がわからない。何を言ったところで、露伴を潰さぬように、じわりじわりと満額取り立てられるだろう。

〈いい漫画を描く〉のが何より大切。それは間違いない。

だが……できれば出費を抑えようと思う気持ちも、露伴の中に、ほんの少しは芽生えていた。

荒木飛呂彦
Hirohiko Araki

1960年生まれ。第20回手塚賞に『武装ポーカー』で準入選し、
同作で週刊少年ジャンプにてデビュー。
1987年から連載を開始した『ジョジョの奇妙な冒険』は、
圧倒的な人気を博している。

維羽裕介
Yusuke Iba

神奈川県出身。小説家。耳にほくろが三つ並んでいる。
代表作に『スクールポーカーウォーズ』シリーズがある。
好きなスタンドはクラフト・ワーク。

北國ばらっど
Ballad Kitaguni

北海道在住。第十三回スーパーダッシュ小説新人賞優秀賞受賞。
既刊に『アプリコット・レッド』
『僕らはリア充なのでオタクな過去などありません(大嘘)』など。
好きなスタンドはチューブラー・ベルズ。

宮本深礼
Mirei Miyamoto

「ぞんちょ」名義でゾンビゲーム実況者として活動する傍ら、
ジャンプ小説新人賞'14 Summerキャラクター小説部門金賞受賞。
代表作に『丸ノ内 OF THE DEAD』『たがやすゾンビさま』がある。
好きなスタンドはリンプ・ビズキット。

吉上 亮
Ryo Yoshigami

2013年、『パンツァークラウンフェイセズ』シリーズでデビュー。
主な著作に『生存賭博』、『PSYCHO-PASS GENESIS』シリーズ。
SFジャンルを中心に小説・脚本など多岐にわたるメディアで活躍。
好きなスタンドはパール・ジャム。

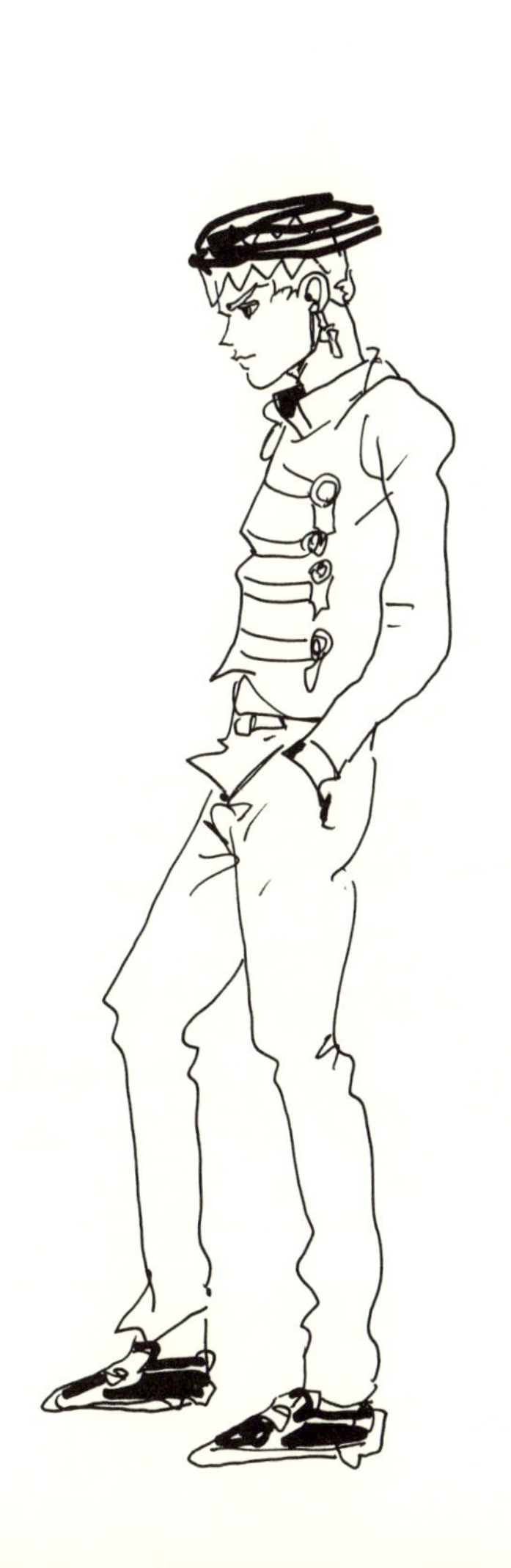

◆初出
岸辺露伴は動かない　短編小説集(1)〜(3)
(ウルトラジャンプ　2017年8月号、9月号、2018年1月号付録)
本単行本は上記の初出作品に書き下ろしを加え、修正し、改装したものです。

岸辺露伴は叫ばない 短編小説集

2018年6月24日　第1刷発行
2023年5月20日　第14刷発行

著　者　維羽裕介　北國ばらっど　宮本深礼　吉上 亮

原　作　荒木飛呂彦

装　丁　小林 満 + 黒川智美(GENIALÒIDE,INC.)

編集協力　北 奈櫻子　添田洋平(つばめプロダクション)

編集人　千葉佳余

発行者　瓶子吉久

発行所　株式会社　集英社
東京都千代田区一ツ橋2-5-10　〒101-8050
電話【編集部】03-3230-6297
【読者係】03-3230-6080
【販売部】03-3230-6393(書店専用)

印刷所　大日本印刷株式会社
株式会社太陽堂成晃社

ISBN978-4-08-703455-4 C0093

JUMP
BOOKS